EDMOND CAZAL

VOLUPTÉS
DE
GUERRE

L'ÉDITION FRANÇAISE ILLUSTRÉE
PARIS, 30, Rue de Provence, 30, PARIS.

VOLUPTÉS DE GUERRE

EDMOND CAZAL

VOLUPTÉS DE GUERRE

L'ÉDITION FRANÇAISE ILLUSTRÉE

Paris, 30, Rue de Provence, 30, Paris

—

1918

VOLUPTÉS DE GUERRE

CHAPITRE PREMIER

PRÉLUDES

LA COURSE A LA MORT

(1914)

A NOUS voir ainsi, tout en gesticulations, rires, cris, chants, hurlements, voilà que je me demande soudain si nous ne sommes pas devenus fous. Je ne ris plus et je me tais. Je m'abstrais de mes compagnons. Par la portière ouverte, je regarde glisser, en demi-cercle, les champs paisibles, les collines diversement colorées, les vallons verts où quelque rivière méandre et fuit entre les peupliers. Aux gares où l'on s'arrête longtemps, aux passages à niveau où l'on ralentit, des femmes, des jeunes filles, des enfants répondent par des cris et des gestes aux gestes et aux cris qui font du train militaire une sorte de bête apocalyptique hérissée de bras mouvants et tonitruante de voix passionnées.

« Oui, nous sommes fous ! me disais-je. Est-ce vraiment à Berlin que nous allons ? Plus immédiatement, nous allons à un esclavage tragique, à la privation de toute aise, au froid, à la faim, à la dysenterie, à la fatigue, à l'insomnie, au déchirement et au morcellement de notre chair vivante, bref à la souffrance et, en définitive, à la mort !...

« Y a-t-il là de quoi se réjouir si bruyamment ?... Ou bien tous ces hommes n'ont-ils pas conscience de ce qui les menace, les attend, les saisira ? »

Et je les regarde et les écoute, ces hommes. Combien parmi eux ont fait d'avance, sciemment et froidement, le sacrifice de leur vie ?

Ils crient, agitant à bout de bras leur képi à manchon bleu :

— Vive la France ! A Berlin ! A Berlin !

Des passages à niveau et des gares, on leur jette :

— Bonne chance, les enfants !

— Bah ! fait un grand gaillard en me regardant de ses yeux clairs. On ne meurt qu'une fois !

Et il rit. Et son rire éclate de vie fraîche, jeune, ardente, solide, — une vie que le passage d'un minuscule morceau d'acier ou de plomb peut anéantir subitement. Mais le rieur ne pense pas à l'atome mortel. Pour lui, la guerre signifie quelque vague et bruyante apothéose. Il hausse les épaules. Et cela veut dire : « Est-ce qu'on meurt ? Non ! C'est à la gloire, à la victoire, c'est à Berlin que nous allons ! »

Et, penché à la portière, il hurle dans le vacarme du train en marche :

— A Berlin ! A Berlin !

Je souris et je pense :

« Il a raison, ce gaillard enthousiaste.

Allons à Berlin ! Est-ce que la France tout
entière n'y arrivera pas, à Berlin, quand
des milliers de cadavres en auront jalonné
la route ! Qui donc, parmi nous, ne possède
pas, clair ou confus, le sens du devoir français qui prescrit de souffrir et de mourir
pour que les belles idées fassent plus belle
la vie du monde et pour que les hommes
goûtent mieux, dans les intervalles de paix,
la volupté de vivre? Qui donc, parmi nous,
conscient ou non, n'a pas fait d'avance, à
cet idéal, le sacrifice de sa propre vie?... »

Et j'agis comme mes compagnons. Je me
lève, m'élance et me penche à la portière.
Aux champs paisibles, aux collines dorées
par le soleil, aux vallons verdoyants, aux
femmes, aux enfants, aux vieillards des
passages à niveau et des gares, je crie de ma
jeune vie ardente et solide :

— A Berlin ! A Berlin ! Vive la France !...
Et cela veut dire :

— Sus à la laideur, au pédantisme, à la
brutalité !... Sus à l'âme vulgaire, lourde et
cruelle des peuples germaniques ! Sus à

leur industrialisme grossier, à leur vanité
ridicule, à leur muflerie de barbares scien-
tifiques !... Et vivent l'Esprit, le Sourire, la
Fierté, la Noblesse et la Galanterie Françaises ! Vivent l'Intelligence affinée, le Goût
lumineux, la Science ailée !... Vive le ciel
bleu rayonnant ! Vive la France ! Et que
notre propre mort assure la vie de notre
race !

Nous sommes des centaines de milliers,
à cette minute, qui, sur toute la terre de
France, crions et pensons ainsi. De toutes
les villes du Midi et du Centre, des trains
sont partis, roulant vers l'Est, bondés
d'hommes résolus au sacrifice. Comme moi,
ils étaient hier des amants de la vie, des
lutteurs pour le bien-être individuel ou
familial, des voluptueux, des ambitieux agités ou calmes, des cultivateurs, des ouvriers,
des industriels, des éducateurs, des écri-
vains, des avocats, des fonctionnaires, des
commerçants, des rentiers. En quelques
heures, ils ont cessé, absolument cessé d'être
tout cela. Ils ne sont plus que des soldats

sur le chemin de la guerre, c'est-à-dire des hommes voués à la mort.

Je ferme les yeux. Je vois la carte du pays de France et, en grosses lignes noires, son réseau de chemins de fer... Sur ces lignes, des centaines et des centaines de traits fulgurants, qui sont des trains militaires, glissent et roulent, — tous vers l'Est et le Nord. Ces trains se hérissent de bras gesticulants, retentissent de clameurs formidables. Et c'est toute la force française qui court aux frontières. Et c'est toute la patrie qui clame d'une seule voix, comme nous, avec nous :

— A Berlin ! A Berlin ! Vive la France !

La nuit est venue. Le train est arrêté. Autour de lui, un vacarme d'aciers cliquetants, de bronzes sonores et de vies humaines.

Où sommes-nous?... Lyon ? Seulement Lyon, depuis tant et tant d'heures ! Ah ! que ce train avance avec lenteur ! Avec quelle complaisance il s'arrête partout !...

Quand entendrons-nous retentir à nos
oreilles et verrons-nous de nos yeux, glapis
par les hommes d'équipe et peints sur les
réverbères des gares, les noms des villes
guerrières? Mais quels seront ces noms?
Quel d'entre eux marquera notre première étape de vrais soldats? Sera-ce Belfort? Toul? Verdun? Mézières?... Nous
échangeons mille hypothèses. Mais vite
repartons !... Nos troupes ont fait des prisonniers ! Ah ! que l'on nous montre bientôt
des hommes coiffés du casque à pointe et
dont l'abattement nous prouvera que nous
sommes sur la route de Berlin !

Le train est reparti. Il roule lentement
dans la nuit obscure. Nous avons mangé
le « repas froid » — fromage, viande et
pain — que l'on nous a donné à Lyon.
Quelques hommes se sont allongés et déjà
ils ronflent. D'autres, assis sur les banquettes ou debout dans le couloir, fument
et rêvent. A côté de moi, sous la parci-
monieuse lumière du globe encastré dans

le toit du wagon, un caporal lit une feuille imprimée. Il lit en remuant les lèvres, aucun son n'émane de sa bouche. Tout à coup, il crie une phrase, une seule : « Un régiment de uhlans a été décimé au nord de Lille ». Puis, il se lève, plie le journal et va dans le couloir.

La phrase criée retentit en moi. Je la répète : « Un régiment de uhlans a été décimé au nord de Lille ». Et je songe : « Très bien ! Mais j'aimerais mieux entendre ceci : « *Un régiment de dragons français a été décimé au sud d'Aix-la-Chapelle* ». Cela prouverait que nous avançons, tandis que la destruction d'un parti de uhlans près de Lille prouve que ce sont les Allemands qui avancent. »

A la lumière tremblotante du globe, je relis mon carnet de notes, tenu à jour depuis le 2 août.

Nous sommes au 29. En ces vingt-sept jours écoulés, que d'événements !... Deux théâtres d'action : le Nord et l'Est. Du 7 au 21, les Français poussent une offensive

hardie. Ils vont jusqu'à Charleroi, au nord.
Et ils courent, à l'est, jusqu'à Mulhouse.
Nous prenons des drapeaux ennemis, nous
faisons des prisonniers. Nous chantons
victoire avec une formidable émotion. Le 21,
bataille de Charleroi. Et aussitôt, c'est
partout le recul de nos forces. Au nord,
Anglais, Belges et Français évacuent Mons,
Namur, battent en retraite vers la mer,
cèdent sur toute la frontière — et la France
est envahie... Les Allemands occupent
Bruxelles, investissent Anvers, saccagent
Louvain, traversent Lunéville — et nous
voilà sur la Somme. Sur la Somme, après
avoir été à Charleroi !...

Les yeux me font mal ; mes tempes bour-
donnent. Je murmure douloureusement,
car l'esprit de ces mots me navre alors que
la lettre semblerait devoir me réjouir :
« Un régiment de uhlans a été décimé au
nord de Lille ». Voyons, est-ce que nous
allons à Berlin ?... Ou bien serait-ce les
Allemands qui vont à Paris ?...

Et pendant la nuit, toute cette longue

nuit interminable, je somnole, je songe et je m'agite tristement, le cœur serré, la tête brûlante, les reins courbatus.

Les arrêts se multiplient. A tous, un soldat chante d'une voix éraillée ; quand le train roule, il se tait et regarde obstinément par la portière.

A l'aube, je m'endors pour tout de bon. Et quand un heurt sur mon épaule me réveille, il fait grand jour. Les rayons du soleil prennent le wagon en enfilade. Presque tous les hommes sont descendus. Nous sommes à Bourg où nous devons changer de train. Je saute gaiement sur le trottoir. L'air est frais, le ciel bleu, le soleil splendide. Ma tête se dégage et ma poitrine se dilate. Les rêves noirs de la nuit sont dissipés. Un tringlot crie, agitant des bras fantastiquement longs :

— Premier arrêt sur la route de Berlin ! Tout le monde descend de voiture. Buffet, buvette, lavabo, salle de bains !

On éclate de rire et je ris aussi, en remontant mon sac hâtivement bouclé.

Nous étions au buffet, à la buvette, nous ravitaillant à la hâte, lorsque quelqu'un a crié : « Un train de blessés !... » Nous avons couru jusqu'à la voie centrale où venait de stopper un long convoi de wagons de toutes classes et de fourgons remplis de blessés. Il y en a !... il y en a !... Bon Dieu ! les pauvres bougres ! les braves gaillards !... Aucun n'est triste. Assis, couchés sur des brancards, sur des banquettes, sur de la paille, bras, jambe, torse ou front bandé, sales, hirsutes, boueux et sanglants, ils rient !

Ceux qui souffrent ont un sourire douloureux et enfantin. Toutes les armes sont là : lignards à pantalon rouge, chasseurs et marsouins sombres, hussards bleus, dragons et cuirassiers à casque, artilleurs géants, alpins à béret, Africains bariolés : l'Armée française.

Nous nous disons, au fond de nous, avec une émotion violente et puérile : « Ils en viennent ». Avides de voir et d'entendre, nous allons de wagon à wagon. Dans le soleil, sur les trottoirs, c'est un va-et-vient de foule multicolore. Les dames de la Croix-Rouge — hélas ! qu'il en est de jolies ! — et les infirmiers s'empressent. De vieux territoriaux maintiennent paternellement des groupes de femmes et d'enfants. Et les mains de ces gens sont pleines de choses, que les infirmiers transportent. On distribue des aliments légers, des boissons chaudes ou froides, des cigares et des cigarettes, des journaux et même, par-ci par-là, des pièces d'argent et des sous.

Brusquement, des ordres, des appels, des coups de sifflet saccadés. On s'agite, on se bouscule un peu. Et dans une clameur où crépitent des applaudissements, tandis que les mouchoirs sont agités et que des yeux pleurent, le convoi repart, serpente, disparaît, laissant une vision confuse de joie, de souffrance, d'héroïsme et de sang.

Pour qu'il en passe tant, de ces trains, — tous ces jours derniers, il en est venu du « front », — faut-il qu'il y en ait, des blessés !... Et ceux-ci que l'on voit, en route vers la guérison, n'ont que des blessures relativement peu graves. Mais les autres, les abattus à terre, les râleurs, les mourants, et les autres encore qui sont morts sur le sol par eux ensanglanté là-bas, quelque part, dans l'Est et le Nord?

Et le ciel est bleu, pur, magnifique. L'air est exquis ce matin. Il fait bon vivre. Jamais je n'ai tant trouvé que vivre est bon. Je regarde mes compagnons debout sur le ballast et mes compagnons me regardent. Et je vois que tous pensent comme moi. Quels d'entre nous reviendront des champs où règnent la souffrance et la mort?

Bourg, Dôle, Besançon... Ce voyage ne finira donc jamais ! Nous sommes éreintés et moroses ; nous avons la tête trop sonore et la bouche pâteuse ; nous ne chantons plus.

Heureusement, il fait beau. Avec quinze camarades, j'ai pris place au milieu de la large baie du wagon, sur les planches, le dos appuyé sur mon sac, les jambes ballantes

au dehors, — et le paysage varié défile au ras
de mes yeux : prairies d'un vert clair, bos-
quets aux lignes jolies, montagnes noires
de sapins, rivières glauques frangées
d'écume, ponts suspendus, villages perchés,
fermes enfouies dans le feuillage. Derrière
les barrières des gares et dans les champs,
des filles et des femmes sont debout ; elles
agitent les bras, elles envoient des baisers
et des adieux aux soldats que nous sommes,
aux soldats qui vont à la frontière. Nous
disons « au front ». Cela signifie autre chose
et cela sonne mieux.

Mais comme la terre est différente de celle
des temps de paix ! Les seuls hommes que
l'on voit sont sur les trottoirs des gares et
de temps en temps sur le remblai. On en
distingue aussi sur les routes, — mais seulement aux abords des ponts. Ils ont le képi
rouge sur la tête et le fusil sur l'épaule. La
terre productive n'est foulée que par des
femmes, des enfants, des vieillards ; quel-
ques-uns tournent les foins sans ardeur ;
la plupart gardent des vaches, des oies ou

des porcs. Le long des chemins que l'on croise ou que le train suit, pas de voitures : la solitude. Et dans la radieuse lumière de cette après-midi, l'agonie du travail et de la terre fait penser à d'autres agonies par milliers !...

Quel calme, ici, des deux côtés de la voie sinueuse, et jusqu'au sommet des montagnes proches, et jusqu'à la ligne demi-circulaire de l'horizon lointain ! Le couchant se teint de rose. Une langoureuse mélancolie descend, s'insinue dans les paysages. Mais elle ne parvient pas à me serrer le cœur — et je frémis de la volupté de vivre, d'un flux de tendresses inemployées.

La nuit tombe dans le silence, dans un grand silence, car nos oreilles accoutumées n'entendent plus le roulement du train.

A l'arrêt d'une toute petite gare, nous apprenons qu'Anglais, Belges et Français se sont repliés derrière la Somme et l'Oise ; on parle d'une retraite sur la Marne ; des

aéroplanes ont survolé Paris... Mais alors?
Nous sommes battus?...

Dans le train qui roule à travers la nuit,
personne ne chante. Des yeux grands
ouverts sont humides. Des paupières bais-
sées palpitent pour mieux refouler des
larmes. On ne crie plus : « A Berlin ! » Mais
on a, exaspérée, la hâte d'arriver, d'arriver
enfin là où l'on se bat, là où l'on peut vaincre
encore, vaincre et mourir au nom de la
France, vaincre pour sa grandeur.

Et cette nuit-là, dans le train de soldats
allant vers la bataille, si fébrile était l'im-
patience d'arriver que personne ne dormait.

La Volupté de Vivre

CHAPITRE II

POUR SERVIR A UNE MÉDITATION SUR LA VOLUPTÉ DE VIVRE

CEUX QUI EN REVIENNENT
(1914)

En bordure de la prairie maintenant couverte des ombres de la nuit, s'élève un immense bâtiment rectangulaire à deux étages et à toit aigu. Avant la guerre, on y fabriquait des boîtes à musique, petites caisses cylindriques dont la face et le revers sont ornés d'un chromo naïf ; on tourne la minuscule manivelle, et cela égrène, en notes pointues, d'abord le refrain du *Biniou*, puis celui de *Viens, Poupoule!* et enfin l'air

simplifié de *Caroline*... Il y en a des entasse-
ments, de ces boîtes à musique. Pour faire
de la place, on les a empilées dans les coins,
et ces piles ont croulé.

Un brigadier du train, venu de la même
province que moi et qui sera comme mon
frère jusqu'à ce que le Destin nous sépare,
m'a vanté son « plumard » de la nuit dernière et m'en a offert la moitié. C'est
au deuxième étage de l'usine. Nous mon-
tons dans le noir. A un violent coup de pied,
une porte s'ouvre. Nous voilà au seuil d'une
immense salle où des hommes sont couchés,
alignés au pourtour des murs, pêle-mêle
partout ailleurs. Cela sent fort. Cela est
éclairé sinistrement, par une lanterne enfu-
mée suspendue à une poutre et par six bou-
gies brillant de loin en loin, collées sur un
établi ou fichées dans un goulot de bouteille. Sous la lanterne, quatre soldats
jouent aux cartes. Beaucoup bavardent.
Plusieurs chantent. L'on crie. L'on rit.
Certains, dans ce vacarme, étendus sur le
dos, dorment la bouche ouverte, avec de

longs ronflements. La couche de paille que le brigadier-tringlot décore de l'euphémisme de « plumard » est tout au fond de cette salle-grenier, sous les deux croisillons supportant l'entretoise d'un grand vasistas. Nous passons, heurtant des pieds inertes, réveillant des dormeurs qui grognent.

Il y a bien deux cents hommes emboîtés là ; autant, paraît-il, au premier et au rez-de-chaussée : de la ligne et du train des équipages. « Retour de Zilisheim, mon vieux ! » fait le brigadier.

Mais nous voici sous l'entretoise. Il n'y a plus de place. Bah ! on en fera !

Un sergent du 281e s'enfonça davantage sous le croisillon de droite et me dit :

— D'où venez-vous?

Et, sans attendre ma réponse, il annonce:

— Moi, je reviens de Zilisheim !...

Le brigadier-tringlot s'étendit et me montra un couloir de paille ménagé entre lui et le sergent. Au fond, je posai mon sac comme oreiller, et je me couchai sur le dos. Et j'entendis quelqu'un qui disait ;

— Moi aussi, je reviens de Zilisheim.
Nous en revenons, tous ceux qui sont ici.
Ça chauffait. Beaucoup de fantassins y
sont restés, et des dragons !...

Je me dressai sur ma couche et je vis,
assis derrière le sergent du 281e, un maréchal des logis du 16e escadron du train des
équipages. Il fumait une pipe. Il avait une
figure douloureuse et fine, intelligente,
qu'une bougie faisait sortir de l'ombre en
clairs-obscurs émouvants.

— Nous ne savons rien, dis-je, nous qui
venons du dépôt. Qu'est-ce que Zilisheim?

— Un village entre Altkirch et Mulhouse.

Le margis eut un petit rire.

Il tira de sa pipe une bouffée et fit un
geste résigné.

Et alors, d'une voix monotone et sans
inflexion, ne visant pas à composer un récit
ordonné, mon ami le brigadier-tringlot dit
le sifflement lugubre des obus « alboches »,
le fracas métallique de leur éclatement, la
chute lourde des hommes, les jets de sang
vif. Il dit la marche sur le champ de bataille

au milieu des cris « A boire! A boire ! », des sanglots, des râles et des hoquets. Il conclut :

— C'est terrible... Mais le plus terrible, c'est leurs mitrailleuses !...

Il fronça les sourcils, il hocha la tête et se tut.

Les bruits de l'immense dortoir se fondaient en une rumeur de plus en plus sourde. Et voilà que, près de nous, les sons grêles et pointus d'une boîte à musique égrenèrent *Viens, Poupoule!...* Soudain, cela s'arrêta et d'autres sons moins pointus reprirent et continuèrent la phrase musicale commencée. Je tournai la tête. Derrière les croisillons, deux lignards, indécis dans l'ombre, étaient assis face à face ; ils avaient chacun une boîte à musique dans les mains et ils s'appliquaient, sans rire et sans parler, à tourner alternativement les manivelles de manière à réaliser une sorte de duo baroque...

— Les mitrailleuses, fit une voix. J'en sais quelque chose.

C'était la voix bizarrement féminine du sergent du 281e. La musique alternée des deux boîtes ne cessait pas. Et le sergent dit très vite :

— Voici comment ça s'est passé. Une rivière, un pont. Des champs sur la rive gauche ; une colline sur la rive droite. Dans les champs, nos régiments : 253e, 281e, un autre dont je ne sais pas le numéro, puis le 97e alpins. Les hommes, par section, passaient le pont. Alors, rrrrrttt... du haut de la colline où ils étaient retranchés, les Allemands faisaient cracher les mitrailleuses, et les hommes des sections tombaient, comme des quilles. Ça a duré des heures. On ne voyait pas l'ennemi. Nous n'avons pas brûlé une cartouche. Et des obus sont venus... C'est alors qu'on a foutu le camp.

La voix devenue rêche s'étrangla, et les yeux clairs eurent une expression d'angoisse. Les deux boîtes à musique répétaient *Viens, Poupoule !* Trois soldats étaient sortis de l'ombre et ils se tenaient à genoux dans la

paille, à mes pieds. L'un frappa sur ses
cuisses ; le col de sa capote portait les cadu-
cées de l'infirmier. Il dit violemment, mais
d'une voix sourde :

— Je les ai vus revenir, nom de Dieu !
Des bataillons entiers hurlant, en sanglots,
les yeux sortis, fous! Même les gradés pleu-
raient, tous ! Il y avait un lieutenant qui
m'a sauté au cou et qui criait : « Aah !
Aah! » Alors, on fit marcher les ambulances.
C'est le général Voiret qui a donné l'ordre,
paraît-il. Le groupe des brancardiers, avec
Rigaud (1), tu sais? (et il se tourna vers son
camarade agenouillé comme lui) passa le
premier. En plein feu, mon vieux. Ils ont eu
des blessés, un tué. Nous, un colonel de la
ligne nous arrêta. Il dit au médecin-chef :
« Mais vous êtes fous ! Les Allemands sont
à cent mètres. Retournez ! » Tu parles !
Uffoltz (2) lui-même, un qui n'a pas peur,

---

(1) M. le médecin-major de 1re classe Rigaud, depuis
médecin principal.

(2) M. le médecin-principal de 1re classe Uffoltz,
depuis directeur du service de santé d'un corps d'armée.

pas plus que Rigaud, a dû rester pendant une heure couché au bord d'un bois, dans un pré que les obus défonçaient et labouraient. Il obéissait. Et c'est un major à cinq galons. On était dans la mélasse, et comment !...

Un silence. D'énormes ronflements, tout proches, dominèrent l'éternel *Viens, Poupoule!* égrené toujours par les boîtes à musique ; ils s'apaisèrent et l'on entendait surtout les sons métalliques et pointus. Mais le maréchal des logis du train se dressait à demi et, la figure crispée, il gronda :

— La mélasse !... La boucherie, tu veux dire. Ecoutez ça. Toute la 66ᵉ division était partie à cinq heures du matin. Pour une marche, entendez-vous? Pour une marche. On n'allait pas au combat, non. Nous n'avions pas la pensée de la bataille, vous comprenez? Les troupes étaient en promenade. Nous trottions en tête, devant nos voitures. A dix heures et demie, qu'est-ce que nous voyons? Avec une escorte d'officiers, le général Archinard. Parfaitement ;

je le connais. Il nous crie : « Ah ! mes amis,
vous n'aurez rien à faire : les Allemands
foutent le camp comme des lapins. » Ah !
bien oui ! Quinze cents mètres plus loin,
au delà d'un hameau, les tranchées. Et feu
sur nos troupes qui ne voyaient personne.
On était éclairé par une patrouille de dragons que les Boches avaient laissé passer
tranquillement. On ne les a plus revus, les
dragons. Ils ont été zigouillés, à quelque
détour du chemin. Et les lignards, qu'est-ce
qu'ils ont pris, au bord de la rivière !...

— Ah ! les dragons ! s'écria le sergent
avec vivacité. Savez-vous ce qu'il a fait, le
19e dragons? J'y ai mon frère. Je l'ai vu.
Il m'a dit ça. Eh bien ! l'ordre arrive de
charger. Oui, sur des retranchements ! Le
colonel — il s'appelait Trouvé, lieutenant-
colonel Trouvé — a vu clair comme le jour
que tous ses hommes seraient foutus. Alors,
il a pensé qu'il y en avait assez du sacrifice
de deux pelotons. Et comme il ne voulait
avoir rien à se reprocher, il s'est mis à la
tête de ses deux pelotons, il a crié : « Char-

gez ! » et en avant !... Aucun n'est revenu.

— C'est vrai ! fit l'infirmier gravement.

— Nous ! fit un soldat qui sortit de l'ombre brusquement, on nous a fait charger par quatre, en colonne par quatre !

— Je sais, fit la voix sèche d'un homme qui resta couché. Après la première charge, mon capitaine ramena la compagnie démolie. Alors, un chef de bataillon sauta sur lui en criant : « En avant ! En avant, donc ! — De quel côté? dit le capitaine. On est canardé de partout et on ne voit pas un Prussien ! » Le commandant ne répondit pas : une balle venait de lui traverser la tête. Et tout de suite après mon capitaine tomba aussi. Les obus commençaient à arriver... UUUUuuuuu... poum ! Alors, nous nous sommes couchés, et l'ordre est venu de changer de position. Je crois qu'on a foutu le camp... Le 97e alpins a marché, et qu'est-ce qu'il a pris!... Ensuite, le soir, on revenait sur les lignes. Presque plus d'Allemands. Notre artillerie, enfin arrivée, les avait démolis. Ceux qui restaient dans les tranchées, on les a cloués à la baïonnette...

— Le 9e d'artillerie... murmura le maréchal des logis du train.

— Oui... Trop tard pour les morts et les blessés. Mais enfin, c'était la victoire ! Ah ! c'est chic, les 75. Sans eux...

— C'est alors, dit le brigadier-tringlot, qu'on a marché dans la nuit au milieu des blessés. Il y en avait partout... Malheur !...

Il se coucha. Tous se turent. Appuyé sur moi, le sergent ronfla bientôt. On entendait toujours, comme dans un cauchemar, les sons des deux boîtes à musique. Le brigadier murmura, les yeux fermés :

— Ils criaient : « A boire ! A boire ! » C'était terrible !

Je frissonnai : le sergent endormi tomba sur la paille. Les trois infirmiers étaient partis. Le maréchal des logis souffla la chandelle. Je n'avais plus autour de moi que la nuit, car toutes les lumières étaient éteintes, même la lanterne dont les dernières exhalaisons empestaient l'air lourd déjà méphitique.

Je m'étendis et je frissonnai de nouveau, en proie à une angoisse inconnue. Les hommes songeaient et parlaient dans le sommeil. Soudain, un falot brilla au fond, sur le seuil de la porte brusquement ouverte. Un « Qui vive ! » retentit, suivi d'un ricanement. Des pas lourds, des froissements de paille, un grincement de gonds rouillés. Et le falot disparut...

. . . .

Le lendemain, 10 *heures.*

Dès que j'eus la sensation du réveil, une odeur âcre et puissante me saisit à la gorge. Par les fenêtres, aux vitres mystérieuses, une vague clarté pénétrait dans le dortoir improvisé. Je regardai la montre fixée à mon poignet gauche et je pus distinguer, non sans peine, qu'il était quatre heures.

Déjà les hommes s'agitaient. Un, debout près d'une fenêtre, bouclait son ceinturon. Brusquement, il leva la tête et chanta d'une voix enrouée : « Soldat, lève-toi ! soldat, lève-toi bien vite !... Soldat... » Une bordée

de cris, d'invectives et de jurons le fit taire.
De toutes parts, assis, couchés, agenouillés,
les hommes protestaient. Mais les pires
injures étaient amicales, beaucoup furent
pittoresques et je me mis à rire avec le
brigadier-tringlot qui, d'un bond, s'était
dressé à côté de moi.

Soudain, au fond de la salle, la porte fut
ouverte d'un violent coup de pied ; un fanal
allumé parut ; ce fut le silence. Et dans ce
silence, une voix claire et sèche prononça :
« Le 281e debout, on part dans vingt
minutes. » Le fanal disparut et la porte se
referma.

Ce fut alors un beau vacarme. Tous les
hommes s'étaient levés. Les questions se
pressaient avec les réponses. « On part !
Mince ! Toujours, alors ? Pour où aller ? Au
feu, parbleu !... Ma musette, tonnerre de
Dieu, où est ma musette ?... Quel temps
fait-il ? Oh ! ce sale brouillard ! Sale pays !
Ça ne vaut pas Carcassonne !... Ouvrez les
fenêtres, sacré nom ; ça pue trop, ici. »

Une, deux, trois fenêtres furent ouvertes

violemment. On sentit des courants d'air.
Toute l'usine était en rumeurs. Les escaliers
retentissaient sous les godillots ferrés ; et
l'on percevait les cliquetis métalliques des
armes. Ouverte et refermée à tout instant,
la porte grinçait et battait. Dans les rec-
tangles des fenêtres, on ne voyait que
la ouate grise du brouillard.

— Où peut-on se laver? demandai-je.

— Sur la place devant l'usine, à l'abreuvoir.

L'ordre de départ ne concernait pas la formation à laquelle j'appartenais. Je pouvais
donc me rincer à loisir. Le brigadier-tringlot
et le maréchal des logis étaient dans mon
cas. Nous dégringolâmes l'escalier, laissant
notre équipement sur la paille et n'emportant qu'une serviette et du savon.

Dehors, le brouillard épais atténuait la
lumière du jour. On n'y voyait pas à dix
mètres. La place devant l'usine fourmillait
d'ombres qui étaient des hommes. L'on
riait, l'on s'interpellait avec des rires gras
et des jurons cordiaux... Vite, capote et

chemise et flanelle à bas ! La bonne douche sur la tête, le cou, les épaules, les bras nus ! Vivifiante, l'eau glacée coulait dans l'abreuvoir par trois gueules de bronze largement espacées. Vingt hommes se rinçaient, se frottaient, soufflaient et riaient après le sommeil qui ressemble à la mort. Et pourtant, ils allaient partir, en marche vers la menace et le risque du sommeil dont on ne se réveille pas.

Quand, nettoyé, frotté, ragaillardi, j'endossai flanelle, chemise et capote, les étoffes me pénétrèrent d'une tiédeur qui me fit rire d'aise. Et je me mis à la recherche de mes hommes. Ayant dormi au rez-de-chaussée, ils m'avaient devancé à l'abreuvoir.. Je les trouvai dans une pièce voisine, autour d'un feu allumé par notre cuisinier.

Et un quart d'heure après, en groupe devant l'usine, nous avons assisté, en sirotant le « jus » versé dans nos quarts, au départ du 281e pour la bataille. Départ fantomatique, à cause du brouillard. Départ silencieux, car les chefs donnaient les ordres

de rassemblement et de marche par gestes.
Ce fut singulièrement émouvant, ce rapide
passage devant nous de centaines d'hommes
imprécis. A notre droite, ils sortaient de la
brume, ils passaient et ils rentraient dans
la brume à notre gauche. Successivement,
par compagnies, ils disparaissaient... Combien d'entre eux ne reparaîtront plus,
jamais plus?...

La Volupté
de la Marche

CHAPITRE III

LA VOLUPTÉ DE LA MARCHE

ÉTAPES ET CANTONNEMENTS

(1914)

Les jours de marche et de cantonnements, quels souvenirs pour plus tard, si nous vivons ! Et quelle floraison de contrastes propres à nous faire mieux aimer la vie !...

Vous tous, innombrables soldats qui, d'étape en étape, avez couru de l'Est au Nord, comme moi vous évoquerez bien des fois ce dont nous avons souffert, et tout ce dont nous avons joui, en ces marches et cantonnements.

Rappelez-vous !

Tel jour, il plut à torrents, du matin au soir. Nous étions partis dans un brouillard épais. Ce ne fut point le soleil, mais la pluie qui le dissipa.

Pendant la première heure, passe encore ! On se réjouit de ne pas avaler de poussière et d'être rafraîchi. On les boit avec plaisir, en riant, les claires gouttes d'eau qui coulent sur la moustache. Mais quand l'eau commence à ruisseler de la nuque aux reins entre la chemise et la peau ; quand elle sature et alourdit la capote, s'insinue dans les jambes, s'étale dans les souliers ; quand on glisse dans la boue qui se colle aux semelles, et que chaque pas demande un effort nouveau ; quand on pense que la veste roulée dans le mouchoir à carreaux et peut-être aussi la chemise pliée dans le sac seront mouillées et qu'on n'aura rien à se mettre sur le corps la nuit prochaine, — alors, les paysages ont beau être surprenants et pittoresques, vus à travers un rideau de pluie, alors les incorrigibles loustics ont beau

lancer leurs vieilles plaisanteries de caserne,
alors on a beau se dire qu'on est en guerre
et qu'une pluie d'eau du ciel vaut mieux
qu'une averse d'obus allemands, — il n'en
est pas moins vrai qu'on souffre de tristesse,
de froid, de fatigue et de faim. De tristesse,
car les Vosges, avec leurs colonnades mono-
tones de sapins noirs, sont lugubres sous un
ciel sombre ; de froid, car ils sont glacials,
les tourbillons des cols, les courants d'air
des chemins encaissés, les vents des collines
nues ; de fatigue, car on marche depuis des
heures et des heures et l'on est lourdement
chargé ; de faim, car le fameux « repas
froid », composé d'un morceau de dure
viande ou d'une boîte de conserve et de
pain humide, a été mangé sous la pluie et
digéré aussitôt dans l'activité mécanique
de la marche reprise.

Oui, l'on souffre. Et comme l'étape
s'allonge, comme la nuit tombe avant que
le cantonnement — ferme ou village —
soit en vue, on commence de n'être qu'un
pauvre animal douloureux qui s'aban-

donne au destin avec une résignation morne.

Le cantonnement ! nous marchons vers lui, comme un cheval éreinté vers l'écurie. Mais quelles colères quand le cantonnement est mauvais ! Et qui de nous oubliera jamais la halle aux marchandises de certaine gare? Je ne sais pas ce que l'avenir nous réserve, mais certainement rien de pire, sauf de nous faire camper en plein air et sous une averse par une nuit de vent froid.

Ah ! cette halle de gare ! Défense de faire du feu, impossibilité de sécher les vêtements et d'avoir la soupe chaude. Et que de courants d'air sifflant dans tous les sens !... Nous étions si éreintés par l'effort de la journée, si abattus par l'aspect du cantonnement et les sévères consignes, que nous n'avons pas eu la force de manger. Nous nous sommes couchés dans nos capotes et nos pantalons mouillés, sur la paille si mince que l'on sentait l'effroyable dureté du ciment dont était recouvert le sol de la maudite halle. Et cependant, nous avons

dormi, mais de quel sommeil agité de cau-
chemars, coupé par .des réveils brusques
sous le cinglement des frissons.

— Repartons, sacristi, repartons !

La nuit n'était pas finie, et l'on n'entendait plus que ces mots répétés par des voix
enrouées de colère autant que de froid. Les
plus résignés eux-mêmes grommelaient des
imprécations. Et ce fut presque une volupté
de partir à quatre heures du matin, dans le
brouillard et dans la pluie.

Par contre, il est de bons cantonnements
où le repos est un délice et le sommeil un
incomparable bonheur. Pas plus que la
halle aux marchandises de Saint-Maurice,
nous n'oublierons l'atelier de menuiserie et
le grenier à foin de Gérardmer.

Il avait encore plu toute la journée.
A une heure et demie de l'après-midi, après
avoir marché depuis trois heures du matin,
nous entrions dans la ville et la traversions
sous une trombe d'eau. Soudain, l'on nous
fit obliquer à droite, et l'on nous arrêta
dans une cour. Devant nous, un grenier à

foin où l'on montait par un escalier exté-
rieur. A gauche, un atelier de menuiserie.
Dans le grenier, du foin entassé sur deux
mètres de hauteur ; dans l'atelier, un énorme
poêle où nous pouvions — l'on nous en
avertit — faire du feu... Ah ! les bons fro-
mages du pays, l'excellent lait chaud, les
savoureuses pipes, les histoires poivrées,
autour du poêle ronflant, tandis que les
vêtements séchaient sur des cordes et sur
les établis. La plupart d'entre nous s'étaient
mis nus. Qu'il faisait tiède et bon dans cet
atelier bien fermé, sur les vitres duquel, au
dehors, tambourinait la pluie ! Sur le poêle
découvert, le cuisinier avait installé un
formidable chaudron et il nous préparait
une soupe dont nous reniflions les senteurs
avec une sensualité avide.

Et puis, quand on fut bien secs, bien nour-
ris, on alla dans le foin, dans le foin plus
moelleux qu'un lit de plume, parfumé de
toutes les essences des prairies.

Ce soir-là, on ne s'inquiétait pas beaucoup
de la guerre. On se séchait, on buvait, on

mangeait, on fumait et l'on dormait. Et j'appris que l'homme peut trouver parfois le bonheur à n'être qu'un animal préoccupé seulement de satisfactions matérielles et sans aucune intellectualité.

Et le lendemain, et le surlendemain, quelles belles joies viriles furent les étapes !

La pluie avait cessé. Transpercés par les rayons du soleil levant, les brouillards s'effilochaient aux sapins des collines. L'air était vif, frais, embaumé, exquis à respirer à pleins poumons. Et nous allions d'un pas alerte, le contentement dans les yeux et le sourire aux lèvres. Elles nous paraissaient admirables, les jeunes filles à joues roses et aux grands yeux bleus qui nous regardaient passer, appuyées aux barrières des fermes. Ils étaient merveilleusement pittoresques et variés, les paysages que nous découvrions à chaque détour du chemin, à chaque sommet de colline, et nous les contemplions avec ravissement.

Parfois, il fallait nous ranger dans le fossé ou sur la pente du talus pour laisser passer

une longue file de voitures de ravitaillement, ou des fourgons du train ou des batte-
ries de 75. Tout cela roulait au trot ou au
galop des bêtes, dans un fracas métallique
où perçaient les cris et les rires que nous
échangions avec les cavaliers. La boue
giclait des ornières et nous aspergeait.
Qu'importe? nous acclamions canons et
canonniers. Nous invectivions amicalement
les tringlots et les riz-pain-sel... Et nous
allions par collines arrondies, par vallons
allongés, entre de grasses prairies vertes et
de sombres bois de hauts sapins où les
rayons du soleil jouaient à cache-cache.
Nous allions vers le confortable cantonnement spacieux, abondant en toutes sortes
de bonnes choses. Et nous nous disions que,
d'étape en étape, nous arriverions bientôt,
par un beau jour de soleil, quelque part où
ce serait enfin la « guerre en personne », où
l'on entendrait le canon, où l'on verrait les
obus éclater, où l'on saurait ce qu'est
exactement le froufrou des balles...

Ah ! ces belles marches ardentes dans

l'air vif, le soleil tiède et le paysage amical !
Qui de nous pensait alors que chaque pas
si allègrement fait le rapprochait de la
souffrance et de la mort?... Les journaux
que nous pouvions lire pendant les haltes
étaient pleins de périodes ronflantes, de
mots belliqueux ; ils donnaient aux soldats
allant vers la guerre des allures de héros
trop conscients de leur héroïsme, et qui se
sacrifient sur l'autel de la patrie avec des
phrases de « morceaux choisis » et des gestes
de statue. Eh bien ! non, ce n'était pas ça,
pas du tout. Nous allions à la guerre, simplement, comme des hommes à qui le soleil
clair donne de l'optimisme, et qui *ne peuvent
croire que cette vie physique dont ils jouissent
si violemment risque de leur être enlevée.*
Peut-être, sous les obus, devions-nous être
des héros ? mais alors, nous étions des
soldats contents de l'étape courte, du soleil
réchauffant, du pays hospitalier, du rata
savoureux et du cantonnement où l'on a
bien dormi. Et si nous parlions de la guerre,
si nous en commentions les nouvelles,

c'était sans aucune espèce d'émotion et de
grandiloquence. Une mentalité de héros ?
non ! Mais une mentalité d'hommes satisfaits de vivre et qui ne pensent pas à
mourir.

La Volupté d'être

un Corps vivant

CHAPITRE IV

LA VOLUPTÉ
D'ETRE UN CORPS VIVANT

UNE NUIT DEVANT DES CADAVRES

JE me suis mis en marche tout à l'heure, pour ma ronde de nuit. Après avoir fait le tour du bâtiment où est installée l'ambulance, je suis entré et j'ai traversé d'un pas prudent des salles et des chambres sans meubles. Partout, sur la paille et sur des brancards, dorment et ronflent ou veillent et gémissent cent quatre-vingt-douze blessés des combats de l'après-midi. Le rez-de-chaussée visité tout entier, je suis monté au premier étage où est le dépôt mortuaire.

4

J'en ouvre la porte, j'entre et je la re-
ferme doucement derrière moi. Point de
lanterne pour éclairer cette salle, aucun
infirmier pour en garder les occupants. Je
suis seul à respirer ici et mon fanal est
l'unique source de lumière. Je m'assieds
sur une chaise, près d'une fenêtre grande
ouverte, et je pose le fanal sur une petite
caisse qui est à mes pieds. Des quatre faces
vitrées partent quatre faisceaux lumineux
que je suis du regard l'un après l'autre. Le
premier se perd entre mes jambes et je
devine le net rectangle de clarté qu'il plaque
sur le mur ; le second, à ma droite, va fouiller
des vêtements militaires souillés de sang et
de boue entassés dans un coin ; à ma gauche,
le troisième éclaire l'extrémité d'un brancard, les pieds nus et les pantalons rouges
d'un mort, puis il fait briller des aciers de
fusils, de baïonnettes et d'équipements en
cuir amoncelés contre le mur. Mais devant
moi, le quatrième rayon prend en enfilade
tout un cadavre. Des pieds enfoncés dans
la paille jusqu'à la tête surélevée par un

sac militaire servant de coussin, ce mort jaillit des ténèbres, et les yeux vitreux du visage livide sont fixés sur moi.

Et tandis que je contemple ce mort, cette matière inerte et froide à forme humaine, j'ai brusquement de mon état de corps vivant une perception si puissante que jamais je n'en avais connu de telle. Nous ne nous penchons pas assez souvent sur le spectacle de notre propre vie ; nous ne goûtons pas assez les sensations multiples que cause ce spectacle. Par là, nous ignorons la première, la principale, la seule continue de toutes les voluptés, qui est celle d'être vivant. Je dois à ce cadavre allongé devant moi la révélation de jouissances, que jadis je n'éprouvais point parce que je n'en avais pas conscience, mais qui, maintenant, du seul fait que je vis, me sont évidentes et me font tressaillir de joie.

Le silence des êtres et des choses autour de moi, la nuit ténébreuse du dehors ne permettent point à ma pensée de s'éparpiller et à mes sens d'être distraits. Aussi,

j'entends à mes tempes le battement que
font le flux et le reflux du sang en va-et-
vient dans mes veines et mes artères. Une
légère fièvre met au bout de mes doigts de
singulières et très agréables titillations. Je
remue légèrement mon torse et je sens avec
délices le frottement de ma peau vivante
contre la chaude flanelle. J'étends et replie les
jambes, je lève et abaisse les bras, pour jouir
du jeu harmonieux et fort de mes muscles in-
tacts. Je n'ai qu'à déboutonner le haut de ma
vareuse pour aspirer à pleines narines l'odeur
humaine et saine de mon corps, en oppo-
sition avec les puanteurs qui me viennent
déjà des cadavres. Et mon odeur m'enivre
comme le plus rare des parfums. Mais, ma
pensée faisant soudain un bond en arrière, je
goûte une volupté rétrospective à me revoir,
à me ressentir dans ma vie des temps de paix.

J'allais, souple et fort, libre et joyeux,
j'allais par vallons et montagnes, grisé d'air
pur, de marche et de chansons, et les cail-
loux du chemin retentissaient sous mon
bâton ferré.

Souvent, loin des brumes parisiennes, un train m'emportait à toute vitesse vers la sèche et rutilante Espagne, vers la souriante et lumineuse Italie, et parfois je m'arrêtais à Marseille, à Toulon, dans les monts boisés des Maures, qui font dégringoler jusqu'à la mer leurs roches encorbellées de pins et de mimosas ; puis je passais dans le rouge Esterel, et je pêchais à l'épervier dans ses calanques tranquilles, dont l'eau est si transparente que le sable, la roche et les algues du fond semblent à portée des doigts ; car notre côte méditerranéenne, avec ses caps ombragés, ses criques endormies, ses golfes berceurs et ses îles bienheureuses, vaut en charme et en beauté les côtes des Baléares, de l'Italie et de la Sicile.

A pied, guêtres bouclées et bâton à la main ; ou bien fendant l'air comme un bolide derrière le capot de l'automobile ; ou bien lançant ma bicyclette dans un sentier, entre deux champs de blé jaune et de coquelicots ; ou bien regardant, accoudé au bordage, les jeux des dauphins noirs dans

l'écume des flots soulevés par les hélices ;
ou bien, dans le wagon... Partout, ah !
comme je vivais ! Comme je goûtais profondément, avec une avide inconscience, la
sensation d'être un corps vivant dans la
magnifique Nature si vivante autour de
moi !...

C'est à tout cela que je pense ; c'est tout
cela que je revois devant ce cadavre immobile, rigide, à demi couvert de grossières
étoffes lacérées et tout souillé de sang et de
boue. Et je l'aime de tout mon cœur, ce
cadavre! Avec une émotion infinie, je lui
suis reconnaissant, à ce mort ! Tous les matins pacifiques de ma vie, — si une balle ou
un éclat d'obus, demain ou un autre jour,
ne fait pas de moi ce qu'il est, — je penserai
à lui avec piété. Car il me révèle, il m'apprend,
il m'oblige à savourer, avec une intensité
prodigieuse, la volupté, — et non pas seulement la nécessité, que je savais, — la
volupté d'être sain, vigoureux, souple, nerveux, musclé, propre, la volupté d'être un
corps vivant.

La Volupté

de s'asseoir, de manger,

de dormir

CHAPITRE V

LA VOLUPTÉ DE S'ASSEOIR, DE MANGER, DE DORMIR

LE DIVAN, LA TABLE, LE LIT

LE DIVAN. — Dans mon « home » des temps pacifiques, le meuble dit chaise est un objet introuvable. On n'y rencontre que divans profonds, fauteuils moelleux, poufs allongés, coussins assouplis. Et je croyais connaître jusqu'à la perfection l'art difficile et délicat d'être assis voluptueusement.

Or, aujourd'hui, sous une pluie battante, nous avons marché depuis quatre heures du matin, et il est cinq heures du soir ; deux haltes : l'une de quinze minutes pour faire

bouillir de l'eau dans une ferme et avaler
un quart de café chaud ; l'autre de trente
minutes, sous les sapins ruisselants, pour
manger le contenu d'une boîte de conserves
et fumer une pipe. Et la marche, la marche
dans les chemins creux, sur les plateaux nus,
au long des grands ravins, à travers les
noires sapinières, — la marche mécanique et
lourde dans la boue jusqu'à mi-jambe et dans
l'eau jusque par-dessus la tête.

Et brusquement la pluie cesse, le soleil
très bas à l'horizon déchire les nuages et
darde sur une large vallée quatre beaux
rayons d'or ; un village, évacué ce matin
même par les Allemands, dresse, sur la
montagne à l'orée d'un sombre bois, les
murs fumants de ses maisons incendiées.

Halte ! c'est sur une place ravagée de ce
hameau détruit que nous cantonnerons
pour une nuit ou pour deux heures.

Tandis que s'accomplissaient les corvées
et que se préparait la soupe, j'ai rapidement
changé de linge et revêtu un dolman sec en
réserve dans mon sac, un sac de soldat que

je boucle à mes épaules ; instruit par l'expérience, je ne compte jamais plus sur ma cantine d'officier.

Puis, j'ai vu, dans le vestibule d'une maison en ruines, une chaise à demi brûlée. Je l'ai saisie et je l'ai plantée sur le bord du chemin en corniche ; il domine tout le magnifique vallon illuminé par le soleil couchant. En bas, masquée d'un rideau d'arbres, se tient bien rangée une batterie lourde qui envoie quatre obus toutes les cinq minutes vers un sommet boisé fermant l'horizon. Tout au fond de la vallée, des shrapnells éclatent, épanouissant dans l'air leur fumée blanche. On entend de lointaines fusillades, des ta-ta-ta-ta très assourdis de mitrailleuses, des roulements d'invisibles convois, et sans cesse les ronflements aigus des gros projectiles et les détonations de l'artillerie. On se bat encore là-bas, sur l'autre versant de l'admirable vallée... Mes hommes et moi, nous ne nous étions pas battus, mais nous avions marché pendant tout le jour. Et nous n'aspirions qu'à ne plus remuer les jambes.

J'ai donc planté ma chaise bancale et
calcinée, là, sur le bord d'un chemin en
corniche, devant le merveilleux spectacle,

et je me suis assis !

Ah ! fauteuils, divans, poufs et coussins
de mon home des temps pacifiques, comme
cette chaise vous écrase !...

Oui, elle vous écrase, et pourtant...

Et pourtant, je m'attendris et j'espère, si
je pense aux divans, fauteuils et coussins
du temps de paix. Je me rappelle avec
gratitude les heures de rêverie et les heures
d'amour pendant lesquelles ils m'ont chau-
dement entouré, voluptueusement soutenu.
Si je vis, ces heures se renouvelleront.
D'autres rêves enchanteront mon esprit,
d'autres maîtresses laisseront sur le velours
et la soie l'empreinte de leurs corps charmants. Le grand divan pourpre et bouton
d'or, qu'éclaire mystérieusement dans le
fond de la pièce une électricité tamisée,
sera toujours doux à ma fatigue et propice
à mes somnolences tissées de songes imprécis.

Qui ne l'aimerait, comme je l'aime, le divan que l'on ne peut voir sans murmurer les vers de Baudelaire?... Il est le fidèle et discret confident de nos peines et de nos joies, le réparateur de nos lassitudes, l'élastique tremplin de nos virilités. Étendus sur lui, nous avons préparé dans la méditation nos meilleurs travaux, savouré nos plus belles joies, apaisé nos plus mortelles angoisses. Il est le compagnon de la solitude, et il parle merveilleusement par tous les souvenirs qu'il évoque.

Mille parfums émanent du velours qui le revêt et des coussins soyeux qui le garnissent: fleurs effeuillées, nectars évaporés, pénétrants aromates, femmes alanguies...

LA TABLE. — Un homme est survenu qui a interrompu ma rêverie et mes griffonnages sur mon carnet de route. Il m'a salué, avec cette respectueuse familiarité qui caractérise le salut du soldat français en campagne de guerre, et m'a dit dans un sourire :

— Mon lieutenant, le dîner est prêt.

J'ai hésité. Perdre une seule minute du somptueux et tragique spectacle que m'offraient le soleil et les jeux de l'artillerie, quel sacrilège ! Je ne quitterai ma chaise que lorsque la nuit aura tout envahi et que les canons ne tonneront plus. Méditer, écrire devant une belle fin de jour et le déclin d'une bataille : précieuse conjoncture ! Je ne suis donc pas allé manger, comme je le fais d'ordinaire, en compagnie des deux sergents et des caporaux de ma formation, et j'ai dit :

— Apportez-moi une gamelle, du pain et mon couvert. Je dînerai ici.

J'ai dîné. J'ai mangé, au moyen d'une fourchette et d'une cuiller de fer, le riz et la viande baignant dans un bouillon très épicé. J'ai bu à même mon bidon une large rasade d'eau claire; et maintenant je fume ma pipe. Je regarde ma gamelle vide, et je savoure, avec délices, en manière de dessert, une joie gastronomique toute récente.

La semaine dernière, j'ai été envoyé à Besançon, en mission spéciale. Mon séjour dans la vieille et pittoresque ville a duré douze heures ; j'en ai passé deux à goûter, avec une inoubliable intensité, la volupté de la table.

Avoir, pendant des semaines, absorbé des ratas indescriptibles, dans une gamelle sommairement lavée ; avoir eu pour table un tronc de sapin abattu, la pierre calcinée d'un mur démoli, l'appui-coudes d'une tranchée ou simplement mes genoux, avec la perspective d'être interrompu par une alerte ou la chute d'un obus tonitruant et fracassant...

Et soudain, après des heures somnifères passées dans un train de blessés et de maté-riel, me constater assis sur le divan moel-leux d'un restaurant de luxe ; étaler mes mains enfin propres sur une nappe blanche et fine ; me réjouir l'œil aux scintillements vifs des cristaux, à la douceur laiteuse de la porcelaine, et amuser mon oreille aux tinte-ments de l'argenterie ; puis savourer en silence ces mets lentement choisis sur le menu : huîtres de Marennes, œufs brouillés

à la tomate, truite saumonée, rognons en
brochette, fromage de Roquefort, raisin
muscat et poire fondante ; et enfin le cigare,
le long havane, blond, sec, craquant, parfumé, tandis que la dernière coupe d'une
bouteille de Moët pétille au soleil...

Je croyais connaître la volupté de la
table : présomptueux gourmet d'avant la
guerre ! La volupté de la table, je l'ai
connue pour la première fois le cinq cent
cinquante-sixième jour de mobilisation,
alors qu'une mission imprévue m'éloignait
pour quelques heures des champs de bataille,
des tranchées, des terrains de marche et
des cantonnements où l'on se contente
d'être nourri.

LE LIT. — La nuit tombe et le canon ne dé-
tone plus que par intermittences. Un sergent vient me rendre compte : tout est paré
pour la nuit. Je puis aller dormir. Dans le
coin le plus abrité d'une écurie sans porte,
mes soldats ont préparé une couche de
paille.

Un fanal suspendu à un clou éclaire ce dortoir improvisé, où déjà des hommes ronflent.

Je me suis assis sur la paille; j'ai déplié ma couverture, et soudain je me suis mis à penser à un lit, à un bon lit, à un lit placé dans une vraie chambre, au seul lit que le Destin m'ait offert depuis le début de la campagne.

C'était à la Croix-aux-Mines, pittoresque village échelonné sur le penchant d'un coteau, à quelques kilomètres de Fraize, dans les Vosges. Depuis plus d'un mois, je m'étais déshabillé à demi seulement pour la toilette du matin, j'avais dormi dans des wagons ou sur la paille des granges.

Mais le soir de notre arrivée à la Croix-aux-Mines, où nous devions cantonner plusieurs jours, je pus trouver une chambre. Non pas une chambre veuve de ses meubles, garnie de paille et souillée par le passage des troupes alternativement allemandes et françaises ; mais une chambre contenant un lit. Et quel lit ! Large, long, haut, double-

5

ment matelassé, somptueusement édre-
donné, anobli enfin par des rideaux à
grands pans !...

La chambre elle-même était une de ces
vastes et confortables chambres de village
où demeurent, attendrissants, des meubles
centenaires.

Je me déshabillai précipitamment. Et je
me mis nu pour mieux sentir sur toute ma
peau la caresse des draps. Quels soupirs
lorsque je glissai mes jambes, puis mon
corps jusqu'au cou dans l'enveloppement
du lit. Je ne pus me retenir de crier de satisfaction, de rire comme un enfant et de m'épanouir d'aise. Le sommier et les matelas
s'incurvaient sous mon poids ; les couver-
tures et le duvet ballonné faisaient peu à peu
succéder à la fraîcheur des draps une tiédeur
pénétrante. Je me remuais doucement
comme un chat qui fait le gros dos sous la
main d'une jeune fille !...

Et je crois bien que je ronronnais !... Le
sommeil me prit insensiblement, et je dus
continuer, dans mes songes, à soupirer

avec extase : « Ah ! que c'est bon ! que c'est bon ! »

Il est des hommes à qui les voluptés passées n'inspirent que des regrets. Pour moi, leur souvenir, tout au contraire, est une volupté de plus. Et maintenant que je médite, assis sur la paille peu épaisse qui me servira de couche, j'accepte le présent avec d'autant plus de philosophie que je berce mon esprit d'agréables réminiscences. Grâce au prestige de l'imagination, les bons lits de jadis pénètrent encore mon corps de telles aises que, dans quelques minutes et de très bonne foi, je m'endormirai sur la paille avec le même sourire que provoquait le lit de la Croix-aux-Mines, qu'ont provoqué auparavant d'autres lits.

D'autres lits ! Combien y en a-t-il déjà dans mon existence? Sans doute, des douzaines ! Mais si j'examine et analyse, ces douzaines se synthétisent en trois types : le lit du collège, le lit du régiment, le lit de ma maison. Et pas plus que les deux premiers, le troisième n'est un lit d'amour.

Non !... pour moi, le lit est l'autel de la solitude, du repos, des songes, du sommeil. Le lit est l'inviolable domaine privé, personnel; que je ne saurais partager sans gêne et peut-être sans répugnance. Le lit, pour moi, c'est l'oubli du monde, de la lutte pour la vie, des fièvres de l'ambition, des délices de l'amour et de ses lassitudes, c'est le retour à l'enfance, à la chasteté.

. . . .

P.-S. — Cette méditation fut interrompue. Un cycliste du quartier général m'apportait l'ordre de repartir immédiatement. Et quand je me couchai, — quelques kilomètres plus loin et quelques heures plus tard, — sur la terre ou sur la paille, je ne sais plus, j'étais probablement trop fatigué pour méditer et pour écrire. Cette méditation ne sera donc jamais finie, du moins sur le papier, car ce n'est pas en relisant ces pages, six mois après les avoir pensées et griffonnées, que je pourrais y ajouter.

Du reste, la guerre, en m'interrompant là, s'est montrée bon critique : la volupté du lit, méditée à loisir, aurait pu m'inciter à trop délayer mes impressions ; ce que j'ai dit suffit à les fixer. Et c'est un excellent sommaire pour une méditation plus complète.

La Volupté du Feu

CHAPITRE VI

LA VOLUPTÉ DU FEU

AU BIVOUAC

CETTE guerre fait comprendre la vie des temps préhistoriques et, de plus, elle démontre ceci : le chauffage central, les calorifères et les radiateurs des temps modernes sont autant de crimes commis par le progrès scientifique contre la volupté de vivre.

A l'époque des bois et des cavernes, le feu, la nourriture à satiété et la possession de la femme étaient les besoins primordiaux et les satisfactions principales de l'homme. En l'an 1917 de l'ère chrétienne, nous sommes redevenus tels que nos plus lointains ancêtres, — tels, mais moins satisfaits : comme nous vivons en pays dévasté, la possession de la femme est chose rarissime ; comme nous sommes en première ligne et loin des centres de ravitaillement, nous n'avons pas toujours la nourriture à satiété ; mais nous bivouaquons dans les bois, nous logeons dans des cavernes et nous faisons du feu !

Quelle joie peut irradier l'humble flamme jaillissant de trois bûches assemblées au-dessus d'un peu de braise rouge !... Nous avons marché sous la pluie, nous avons eu froid, immobiles dans la fange et dans la neige. Et maintenant...

Maintenant, nous sommes une douzaine d'hommes hirsutes et boueux, hilares et gaudriolards, assis derrière un large et haut talus de terre, sous les branches basses d'un énorme sapin; autour d'un feu de bois qui siffle, flambe, pétille, éclaire et nous réchauffe. Nous fumons des pipes, et nous avons, dans des clairs-obscurs à la Rembrandt, des trognes de godailleurs à la Rubens.

Le canon tonne autour de nous ; les obus éclatent sur l'autre versant de la colline, à deux cents mètres de notre abri ; le crépuscule est sinistre et la nuit sera glaciale ; nous avons failli mourir aujourd'hui, nous serons peut-être écrabouillés demain. Mais nous n'entendons, ne voyons, n'appréhendons rien de tout cela : nous avons du feu !... Nous en aurons jusqu'au matin, car nous veillerons à tour de rôle pour le garder vivant. Il chauffera les pieds, les cuisses et le ventre ou le dos des dormeurs ; son flamboiement joyeux, absorbé par les yeux à l'instant où le sommeil alourdit et fait baisser les paupières, illuminera nos cerveaux de rêves agréables.

Ah ! je sais bien ce que je rêverai, moi ! La bienveillante fée des songes me transportera dans un petit salon ouaté de tapis et de coussins, en plein Paris. Dans la cheminée, sur le marbre de laquelle se dresse une Léda serrant contre elle le Cygne frémissant, flambera un feu de bois odoriférant et sec. Je revivrai les enivrantes soirées

solitaires où le feu me tenait compagnie, et
les voluptueuses après-midi où une jeune
fille languissante et parfumée, assise ou
couchée sur une peau d'ours blanc, étirait
son corps nu devant le foyer et riait à chaque
étincelle. Comment font les hommes, dans
un appartement à chauffage central et sans
cheminée, quand ils sont seuls et qu'ils ne
travaillent pas? Comment peuvent-ils rêver,
sans aucune flamme vivante pour colorer
leur rêverie?... Et l'amant qui n'offre pas le
corps de sa maîtresse aux caresses distantes
de la flamme, croit-il connaître la volupté?...
Il en ignore un des jeux les plus émouvants
au regard et les plus suggestifs au toucher.

C'est tout cela que je revois dans les bûches et la flamme de ce feu de bivouac. J'y
récupère aussi la chaleur indispensable au
maintien des forces physiques et, par suite,
à l'optimisme qui assure la santé morale.
Tout à l'heure, grâce à ce feu, nous aurons
du café chaud, et le nectar fumant sera
pour nous une jouissance de plus. Demain,
au lieu d'être transis et ankylosés de corps,

aigres et sombres d'esprit, comme nous le sommes aux matins des nuits sans feu, nous serons tièdes et souples, contents et clairs. Le feu du bivouac fait mieux affronter le feu de la bataille, car la volupté de vivre devant les jolies flammes du premier incite à ne pas croire que les fulgurations éblouissantes du second sont les annonciatrices de la mort.

Encore la Volupté

de Vivre

CHAPITRE VII

POUR SERVIR A LA MÉDITATION SUR LA VOLUPTÉ DE VIVRE

" C'EST LA GUERRE ! "

Depuis deux jours, nous assainissons le champ de bataille. C'est au-dessus du village de Mi-Mandrey. Il a plu hier. Il pleut encore aujourd'hui. Et nous travaillons à cette douloureuse, écœurante et répugnante besogne qui consiste à enfouir des cadavres d'hommes, à déterrer et à brûler des charognes de vaches et de chevaux.

A l'heure du repas, j'ai pu me mettre à l'abri dans une pauvre maison. J'ai acheté

6

des pommes de terre et un peu d'huile, et à grand'peine, et non sans prier beaucoup, — car les habitants, pillés par les troupes allemandes qui ont occupé le pays pendant quinze jours, n'ont conservé que ce qu'ils avaient caché, et c'est peu de chose. Enfin, en y mettant le prix, j'ai eu de l'huile et des pommes de terre. Un lieutenant d'artillerie, avec qui j'ai fait connaissance et que j'ai invité, pèle les tubercules, les coupe en rondelles et les met dans la poêle. Nous les avons mangées voracement, en déclarant avec la plus ferme conviction du monde que jamais nous n'avons goûté de si bonnes pommes de terre. Maintenant que j'y réfléchis, je dois avouer qu'elles étaient infectes, à peine cuites ; nous avions très faim et nous n'avons pas voulu attendre ; elles étaient noires et sentaient la fumée, mais elles avaient un nom prestigieux, évocateur de délicieux régals : elles étaient des pommes-de-terre-frites ! La viande coriace de notre « repas froid » réglementaire nous a paru moins dure et moins fade, grâce à cette friture improvisée. Comme boisson, nous avons eu de l'eau et du coco.

Pendant que nous festinions, les femmes du hameau, assises autour de nous, racontaient les misères de la brève occupation ennemie ; ils ont brûlé, pillé, saccagé, tué ; pour violer les femmes, ils se mettaient à deux, dix, vingt-six. On nous montre la fille des vingt-six ; elle est assise dans l'ombre au coin de la cheminée sans feu, et elle cache sa tête dans ses mains tremblantes. Ils menaçaient les femmes de leurs baïonnettes et les forçaient à s'étendre, nues quand elles étaient jeunes, troussées jusqu'au ventre quand elles étaient vieilles. Ils ont violé des filles de quatorze ans et des grand'mères de soixante, et ce sont les grand'mères qui nous racontent cela. Sur les routes ils prenaient pour cibles les jeunes garçons qui s'enfuyaient des fermes et des hameaux. Quand ils ne purent, faute de temps, dépecer bœufs et vaches, ils leur coupaient les jarrets, dans l'étable, à grands coups de baïonnettes, puis ils mettaient le feu à la paille et au foin.

Chacune des femmes raconte tout cela sans pleurs, sans aucune expression de colère. Elles ont toutes le visage tranquille et figé, leur voix est une voix de lamentation monotone, sans aucune inflexion. Pendant les récits, faits avec un réalisme simple qui ne s'embarrasse d'aucune pudeur, nous mangions, car nous avions très faim.

L'une d'elles dit, avec l'accent traînard de ce pays-là : « C'est la guerre ! Oui, mes bons messieurs, c'est la guerre ! Puisqu'on tue, pourquoi donc qu'on se priverait de tout le reste qui est moins que la mort? »

Toutes les autres ont hoché la tête : elles approuvaient. Elles montraient, avec une évidence qui nous stupéfia, que, pourvu qu'on les laissât vivre, on pouvait bien brûler leurs maisons, tuer leurs maris, fusiller leurs garçons, violer leurs filles et les violer elles-mêmes, c'est tout de même moins que d'être tuées.

Notre stupeur dura peu. Nous avions vu et entendu tant de choses !...

Nous étions assis devant une longue table

massive. Un grand lit, avec des rideaux
d'un blanc devenu jaune sale, occupait
tout le fond de la pièce ; les femmes écos-
saient des haricots en parlant de leurs voix
lamentables. On entendait le canon, les
vitres des fenêtres résonnaient ; puis, dans
les intervalles de silence, elles crépitaient
sous la pluie. Et nous avons trouvé le lieu
et les femmes si abominablement sinistres
que, bravant l'averse, nous sommes allés
dans le champ voisin.

Les brouillards se déchiraient aux sapins
noirs des collines. Les charognes remplissaient l'air de puanteur. Dans une écurie
toute proche, un artilleur étrillait son cheval
et chantait d'une voix sonore :

> *« ...Si tu veux fair' mon bonheur,*
> *Marguerite, Marguerite... »*

Deux heures plus tard, en marche vers
notre cantonnement, nous nous sommes
arrêtés devant un trou d'obus. Il y avait là
sept cadavres : énormes, ballonnés, ils flot-
taient sur l'eau jaune ; sans doute, ils

étaient au fond depuis plusieurs jours, et, sous la poussée des gaz, la dilatation de leurs tissus les avait fait monter à la surface. Pendant une heure, nous avons travaillé à quelque chose d'innommable. Nous attirions à nous jusqu'à la terre ferme les cadavres, non pas entiers, mais par lambeaux, car si l'on saisissait une manche, l'étoffe se déchirait et le bras aussi ; que l'on aggripât une jambe, les cuisses venaient avec le pantalon. Deux d'entre nous, pris de nausées, ont dû s'écarter pour vomir. Le règlement prescrit de fouiller les corps en putréfaction pour enlever les plaques d'identité ; il a fallu aussi vider les poches des menus objets qu'elles contenaient, afin de pouvoir envoyer aux familles des reliques qui leur seront précieuses. Pour une femme, une mère, des enfants, peut-être notre trouvaille sera matériellement utile. Nous avons recueilli sur un cadavre, dont la capote était ornée de trois galons ternis, une somme de neuf cents francs en louis d'or, enfermés dans une ceinture en toile ; mais j'ai dû laver les louis ; car la ceinture était pourrie avec les chairs qu'elle touchait, et l'or grouillait de vers...

Après cette écœurante et fatigante journée, nous sommes au repos dans une grange, ou plutôt dans un hangar tout ouvert d'un côté. Nous entendons les formidables détonations de l'artillerie, et, très distinctement, les crépitements secs des mitrailleuses et des fusils. Nous voyons dans le crépuscule les éclatements lumineux des obus. Souvent une fumée blanche jaillit dans l'air, s'arrondit, éclairée de fulgurations rapides ; c'est un obus à balles. Quand il y en a beaucoup sur le même point, rien n'est plus joli...

Et nous ne ressentons aucune émotion. Nous avons beau nous dire que ces pittoresques feux d'artifice jettent la mort au-dessous d'eux, qu'ils mettent des entrailles à nu, trouent et déchirent des membres, fracassent des crânes, font couler sur la terre le sang chaud de milliers d'hommes et multiplient à chaque minute les plus horribles souffrances, — nous avons beau nous dire et nous répéter tout cela, nous ne ressentons qu'un intérêt amusé d'abord, mais bientôt uniquement machinal. Aucune pitié pour les autres, aucune crainte pour nous qui, dans quelques heures, pouvons voir ces feux d'artifice exploser sur nos têtes. Nous sommes insensibilisés. Et je crois que c'est un état d'âme définitif. Je regarde, j'interroge mes compagnons ; pas un qui éprouve une émotion de pitié, d'enthousiasme ou de crainte. Aujourd'hui, nous avons assaini un champ de bataille ; demain, nous y mourrons peut-être, et d'autres l'assainiront après nous ; c'est le destin de la guerre...

Ce destin nous accable si peu que nous goûtons, en fumant des pipes, toute la volupté d'une couche de foin sec après une journée de fatigue sous la pluie...

Le parfum de l'herbe sur laquelle nous passerons la nuit nous fait oublier la puanteur des cadavres et des charognes... Tout nous est indifférent, sauf ce qui nous procure quelque sensation de bien-être, de plaisir,

de fierté ou de joie : un bon repas, une permission, une citation ou la nouvelle d'une
attaque victorieuse. Cela seul a de l'im-
portance. Quant à la mort... Peuh ! comme
dit la femme violée, volée, endeuillée, c'est
la guerre !...

Le Charme et
le Parfum des Fleurs

CHAPITRE VIII

LE CHARME ET LE PARFUM
DES FLEURS

LE GÉRANIUM SOUS LES OBUS

APRÈS trois quarts d'heure de marche à
travers un pays ravagé, nous étions arrivés devant un village sur lequel tombaient les
obus allemands. Quelques vieillards, des
femmes, des enfants, que l'occupation ennemie avait épargnés, s'enfuyaient en désordre.
Ils accouraient vers nous, et nous dûmes
nous ranger au bord du chemin raviné pour
faire place aux petites charrettes remplies
de pauvres ustensiles et que traînaient des
malheureuses exténuées.

Et brusquement la pluie d'obus s'écarta du village en ruines, où quelques maisons brûlaient. Elle alla tomber cinq cents mètres sur la gauche, dans un champ d'où s'éloignait au galop une batterie de 75.

Un ordre prescrivait de tourner le village et d'aller nous établir en avant ; mais nous ne devions pas nous exposer sans nécessité. Arrêtés un moment, nous reprîmes notre marche aussitôt qu'il fut bien avéré que les artilleurs ennemis avaient un autre objectif que notre détachement.

Et nous voilà défilant à travers les ruines fumantes d'où montaient des flammes et d'où jaillissaient des crépitements. Mais soudain, frappée par un spectacle inattendu, toute ma section s'immobilisa : c'est un pan de mur d'une maison entièrement démolie, et sur le bord d'une fenêtre est resté intact un petit pot où fleurit un magnifique géranium rouge. Pas un éclat ne l'a touché, pas une poussière n'a souillé les feuilles et les pétales. J'ai tendu la main pour cueillir la fleur préservée, — puis non ! et le géranium a été respecté par nous comme par les obus ; il est demeuré là, rutilant, épanoui, symbole de la continuation impassible de la vie au milieu d'une chaotique destruction.

Et pendant que nous reprenions notre marche, j'ai pensé aux fleurs, à toutes les fleurs des temps pacifiques : celles qu'on cueille à la campagne, encore embuées des humidités de la nuit ou vibrantes dans l'éclat du soleil, et dont on fait des bouquets désordonnés et charmants ; celles que l'on contemple et que l'on respire dans les jardins soignés, et qui se défendent avec une jolie impertinence de dames à grands atours ; celles que l'on choisit, que l'on achète un peu fiévreusement et que l'on offre avec son cœur à la femme aimée ; celles que l'on voit s'épanouir dans des vases, sur la table du cabinet de travail, la console du salon ou la cheminée de la chambre à coucher ; celles enfin que l'on a reçues d'une main aussi fine et aussi parfumée qu'elles, et qu'on regarde se faner les soirs de rêverie solitaire...

Le charme innombrable, les grâces diverses, les multiples parfums de toutes ces fleurs de mon enfance, de mon adolescence et de ma jeunesse pénètrent en moi et ensemble me possèdent ; mon cœur et mon esprit évoquent distinctement les heures et les jours qu'elles ont enchantés.

Et pendant quelques instants voluptueusement savourés, la vision rapide d'un humble géranium épargné par les obus m'a fait oublier la guerre, ses ravages et ses horreurs.

L'Enivrement de la Solitude

et du Silence

CHAPITRE IX

L'ENIVREMENT DE LA SOLITUDE ET DU SILENCE

A DIX LIEUES DU CHAMP DE BATAILLE

UNE affectation spéciale me fait cantonner pour huit jours dans un hameau perdu loin des routes et des gares, si loin que je n'entends plus les roulements des convois et les fracas de l'artillerie. Je n'ai que quelques hommes avec moi : des tringlots et des alpins industrieux et taciturnes. L'un d'eux, quotidiennement, court à la ville en un temps de galop, et il m'en apporte, avec les plis officiels, des liasses de gazettes.

Parmi ces feuilles imprimées, il y avait,

ce matin, un numéro du *Cri de Paris*. La légende, inscrite sous le dessin de la couverture, est l'expression comique d'une réalité qui me touche au plus intime de mon être. Le dessin représente deux « hommes du monde » transformés en « poilus » et conversant dans une tranchée. Il a pour titre : *Le vrai bonheur*, et pour légende : *Plus de tango, plus de bridge, plus de créanciers, plus de femmes!... Comme on est tranquille ici!* »

Cela m'a d'abord amusé. Puis, répétant la conclusion : « *Comme on est tranquille ici!* » je me suis mieux rendu compte des jouissances que l'on éprouve dans la solitude et le silence, après des semaines où, mêlé nuit et jour à des milliers d'hommes, l'on a vécu dans le tonitruant et hurlant fracas de la guerre.

La volupté de la solitude et du silence — j'entends le silence produit par l'absence d'individus jacasseurs de l'un et l'autre sexe, — voilà ce qu'illustre et localise un peu vulgairement et sommairement, mais avec un réalisme à la portée de toutes les intelligences, la légende du *Cri de Paris.*

Après les jubilations de l'amour, celles de la solitude et du silence ont toujours eu pour moi le plus d'intensité.

A Paris, dans mon appartement ; en voyage, à travers les villes célèbres ou devant des sites inconnus, j'ai toujours trouvé dans la solitude un renouveau moral, une retrempe intellectuelle et même une sorte de rajeunissement physique.

Aiguillé par la légende du *Cri de Paris* sur la voie d'une méditation savoureuse, j'ai voulu m'appuyer d'abord sur des réminiscences. Et j'ai ouvert mon sac. J'en ai tiré un petit carnet de notes intimes, l'une des trois ou quatre reliques dont je ne me sépare pas. Et j'ai transcrit sur mon « carnet de campagne », en savourant mille souvenirs, cette méditation faite, en temps de paix, il y a juste deux ans :

— « *L'Enivrement de la Solitude et du Silence. Chez soi.* La volupté d'être seul : je la retrouve enfin ! Je la retrouve après des années

où je n'avais pu, de rares et courts moments,
être seul que par fraude ; et mon plaisir
était un pauvre petit plaisir mesquin, trem-
blant, honteux, il devenait une souffrance ;
car je savais que ma solitude devait être
troublée, devait finir avant que j'en fusse
saturé : cela m'empêchait d'en jouir un tout
petit peu... Non ! même quand j'étais seul
dans mon cabinet de travail, avec mes livres,
ou en promenade, avec mon cigare, — non,
je n'avais pas la divine sensation de la solitude, parce que la pensée de *l'autre*, de
l'être jaloux qui haïssait ma solitude, ne
me quittait pas ; et je ne pouvais oublier
que dans deux heures, dans une heure, dans
trente minutes, dans quinze, tout de suite,
hélas ! j'allais retomber dans la vie que, par
pitié pour elle, j'avais laissé organiser par
elle, dans cette horrible vie où jamais je ne
pouvais être seul.

« Ah ! ils ne savaient pas, ils ne connais-
saient pas leur bonheur, ces gens que je
voyais, le soir, quand je rentrais, ces gens
qui mangeaient seuls, à une petite table

de restaurant. Et ceux qui dorment seuls dans un lit, un lit où ils peuvent étendre les bras, plier une jambe, bomber le dos, allonger loin un pied, se tourner et se retourner à loisir et s'élargir d'aise, — oui, un lit où ils peuvent faire tout cela sans être arrêtés par le voisinage d'un corps, d'un corps qui dort et qu'il ne faut pas réveiller, ou bien qui ne dort pas, mais à qui, en ce cas, il importe de laisser croire que l'on est soi-même endormi.

« Je l'avais donc perdue un jour, mais je la retrouve enfin, la volupté d'être seul chez moi. Je suis vautré sur mon divan très bas, très large, jonché de coussins. Je suis là seul, et je médite, j'écris et je fume. Je sais que personne n'a le droit d'entrer ici, de me parler, de s'irriter si je ne réponds pas. Personne n'a le droit d'ouvrir cette porte. Elle ne s'ouvrira pas. Pour une heure, pour trois heures, pour dix, vingt, trente, s'il me plaît, je suis seul. Et cette solitude tant aimée, je n'en sortirai que lorsqu'elle m'aura saturé, ou plutôt quand j'en voudrai sortir,

dans trois minutes ou après-demain. Et
voici un caractère de la vraie solitude :
celui qui en jouit est seul maître de l'in-
terrompre ou de la continuer.

« Je suis donc seul. C'est-à-dire que je suis
libre absolument, complètement, comme un
dieu ! Entendez par là que je puis me lever,
changer de place, me coucher sur le tapis, faire
des cabrioles, danser ou simplement rester
immobile comme un bonze sans que personne
me dise : « Qu'est-ce qui te prend ? tu es fou ? »
ou bien : « Mais ne reste pas immobile
« comme cela ; tu m'énerves ! » Je suis libre
d'ouvrir la fenêtre ou de la laisser fermée,
de fumer vingt cigares ou de jeter à peine
entamé celui que je fume, de dormir ou de
chanter, de lire ou de rêver, de travailler
à écrire ou de muser à ne rien faire — et cela
sans qu'aucun de mes actes soit blâmé,
critiqué ou même commenté. Et voici un
autre caractère de la vraie solitude : celui
qui en jouit est libre d'en jouir comme il lui
plaît.

« Ah ! si les femmes savaient que la plupart des hommes ressentent, très souvent, le besoin d'être seuls, uniquement pour être seuls ; pour sortir de leurs pensées conjugales ou amoureuses ou commerciales ou combatives ou littéraires, de leurs pensées de situation présente, d'avenir, d'ambition, de relations, de mondanités, de billevesées quelconques ; pour sortir de leurs pensées quotidiennes alimentées par la lutte pour la vie, — et rentrer dans leurs pensées d'enfance, dans ces pensées capricieuses, inconsistantes, indécises, impondérables, irrationnelles, inutiles, exquises, — ces pensées dont on était bercé à douze ans, quand on se laissait aller, couché à plat ventre sur l'herbe, sans personne autour de soi, à regarder la glissade d'un ruisseau entre les pierres frangées d'écume mouvante !...

« Mais la plupart des femmes ne comprendront jamais qu'un homme, quel que soit son âge, ait le besoin vital d'être seul. Elles croiront toujours que l'homme s'en va retrouver une autre femme, et que s'il est seul ou bien s'il se tait, il pense à cette autre femme. Et alors, elles sont les ennemies de la solitude et du silence de l'homme. Celui-ci est amené à choisir l'une ou l'autre des deux solutions fatales : il se révolte et c'est l'enfer à domicile, les scènes conjugales et toutes leurs conséquences, l'adultère de vengeance et ses rancœurs ; enfin, par une contradiction aussi fréquente que bizarre, le double ménage avec ses charges et ses difficultés de tout ordre ; — ou bien l'homme patiente... jusqu'au jour où il préférerait tuer plutôt que patienter encore. Il tue — ou il s'en va. Moi, j'ai laissé vivre — et je suis parti.

« Et je suis seul quand il me plaît ; et cela depuis des semaines bénies, depuis bientôt un an savouré jour par jour, heure par heure... Et cela durera tant que je voudrai. O bonheur !...

« L'on objecte : « Mais vous n'avez donc «pas d'amis ? vous n'avez pas une maîtresse ? » Je réponds : Vous vous trompez ; j'ai des amis, de bons amis solides et dévoués, et je les aime. J'ai aussi une maîtresse et même plusieurs, et j'aime chacune d'elles d'un amour singulier et pour des raisons différentes.

« Et je vais souvent chez mes maîtresses et mes amis. Je vais chez eux, je vais chez elles ; ils viennent, elles s'attardent même chez moi. Mais...

« Mais ils ne troublent pas ma solitude, puisque ce n'est pas toujours qu'ils sont là. Ils viennent, ils causent, rêvent ou s'ébattent avec moi — et ils s'en vont. Ce n'est plus moi qui suis obligé de m'en aller. Je n'ai plus à chercher la solitude, puisque je l'ai. Amis et maîtresses viennent précisément, par leur passage chez moi, me faire sentir avec intensité qu'avant leur arrivée j'étais seul et qu'après leur départ je serai seul s'il me plaît... Car, s'il ne me plaît pas, je sortirai avec l'ami ou la maîtresse ou après eux, et j'irai me mêler à la vie des autres hommes.

« D'ailleurs, je sais que je puis éluder une visite. Et presque toujours cette conscience de mon pouvoir me suffit : je fais répondre que je suis là, j'accueille l'ami avec une joie souriante, et la maîtresse avec des sens disposés au plaisir.

« Mais que l'ami prétendît se fâcher si la porte restait un jour fermée, que la maîtresse s'emportât de dépit ou de jalousie si mon seuil lui était un jour infranchissable ; — je romprais avec l'une et avec l'autre, impitoyablement, car je ne saurais concevoir que l'on n'ait pas pour ma liberté le respect qu'en toutes circonstances je garde pour la liberté d'autrui. Au surplus, si un ami m'apporte son esprit et son cœur, si une maîtresse vient m'offrir son sourire et sa caresse, quand mon être est en état de réceptivité, ami et maîtresse sont les bienvenus ; car la solitude à deux, pourvu que cette dualité ne soit une contrainte ni pour l'un ni pour l'autre, est une des formes les plus agréables de la solitude chez soi.

* * *

« La nuit, écouter le silence ! Et ne voir autour de soi que des choses inertes, sans mouvement et sans parole, des choses qui ne peuvent s'éveiller, car elles ne sont que matière. Et soi, rester inerte, sans mouvement et sans parole, comme ces choses exclusivement matérielles. Rester ainsi, les yeux grands ouverts, les oreilles vivantes pour écouter le silence et l'immobilité.

« Mais combien amicale est la clarté de la lampe ! L'abat-jour de soie blanche, où s'inscrivent en bleu les élégantes fleurs des faïences de Delft, tamise et diffuse la lumière électrique. Les meubles ont des lignes familières que l'on devine dans les coins d'ombre où elles se perdent... Et ce sont les fers de mon vieux Rabelais qui brillent, là-bas, parmi des reliures sombres...

« Personne ne passe dans la rue. Aucun pas d'homme, aucun roulement de voiture sur l'asphalte de la large allée voisine. Et je suis si loin du Paris des noctambules qu'aucun de ses bruits nocturnes ne me parvient. C'est le silence plus absolu que dans la campagne. Et ce silence, semblable à celui de la mort, me fait goûter avec volupté la certitude

que j'ai d'être vivant... Ce silence m'est
doux aussi parce que je suis son maître et
que je pourrais le rompre. Mais non, je savoure le silence, et je rends grâces à la solitude, sans laquelle autour de moi le silence
n'existerait pas.

« Il m'arrive parfois d'avoir du silence
un désir, un besoin plus fort que l'amour,
que l'ambition, que le soin de ma situation
et de ma vie. Ce silence ne peut être acquis
et conservé que loin du monde où l'on gra-
vite quotidiennement. Alors, si je ne veux
pas subir la pire des souffrances, je dois
m'isoler. Tout être qui s'opposerait à mon
isolement me devient ennemi, et je ne puis
m'empêcher de le haïr. Haine d'abord
momentanée, passagère et superficielle, mais
qui, si elle se renouvelait souvent, devien-
drait profonde, continue, définitive.

« C'est pourquoi, lorsque me prend ce
besoin de ne vivre qu'en moi-même et avec
moi-même, je saisis ma valise de voyage
toujours prête, et je fuis. Je fuis tout ce que
je connais, pour aller à ce que je ne connais

pas : un ciel, des paysages nouveaux, pour
lesquels et devant lesquels je suis seul et
silencieux, car ce n'est point parler que pro-
noncer seulement les paroles indispensables,
en voyage, au fonctionnement de la vie
quotidienne.

« J'aime alors les pays autres que le mien,
parce que je ne comprends pas le langage
des hommes et des femmes que le hasard
met pour quelques minutes ou pour des
heures auprès de moi. Si je veux me distraire
momentanément dans quelque société mondaine, la vie des hôtels cosmopolites m'en
offre toutes les facilités. Mais dans la solitude absolue que brusquement je puis inter-
rompre — ou prolonger à mon gré, — je goûte
d'inexprimables jouissances, un enivrement infini dont les seuls confidents sont
la Nature, des livres et moi-même.

« Après des mois où la poursuite de la
gloire, du pouvoir et de l'argent, les intri-
gues de l'amour et les agitations mondaines
ont réalisé dans notre vie, au milieu d'un
incessant vacarme, la chimère du mouve-

ment perpétuel, --- rien ne vaut, pour rétablir l'équilibre de nos forces, une cure de solitude, de silence et de chasteté. »

. . . .

Comme j'achevais de transcrire ces lignes, un des soldats du détachement qui cantonne avec moi dans ce petit village est venu m'annoncer que mon déjeuner était servi.

Je suis allé m'asseoir, en plein air, devant une table à nappe blanche, dans la cour de l'auberge. Un pommier tamise au-dessus de moi les rayons du vif soleil de septembre. Des poules picorent autour de ma table. J'entends le *brr-brr* continu d'une vache ruminant l'herbe, mais je ne la vois pas : couchée sans doute, elle m'est cachée par une haie basse; au delà montent doucement jusqu'au ciel des collines vertes couronnées de sapins noirs. Une fille m'a servi sans bruit. Le frugal repas terminé, elle m'a laissé seul. J'ai aussitôt écarté la table, j'ai à demi renversé ma chaise pour m'appuyer au mur, et dans la fumée de ma pipe, devant les lignes arrondies de l'horizon, devant la

course légère des nuages sur le ciel bleu,
j'ai revécu, par le souvenir et la méditation,
les heures d'autres solitudes que celles de
chez soi.

En voyage, si l'on sait goûter la signification des lieux ou seulement si l'on est
capable de recevoir des impressions, l'enivrement de la solitude est de caractères
aussi nombreux que les paysages. Mille
jouissances diverses reviennent à ma mé-
moire. Mais, de même que dans un bal le
spectateur ne tarde pas à distinguer deux
ou trois couples étranges ou parfaits qu'il
suit à l'exclusion des autres couples, je me
complais à un petit nombre d'évocations
choisies.

Dans le midi de la France, le long de la
voie ferrée qui va de Narbonne à la frontière
d'Espagne, est un pays singulier, que les
indicateurs appellent Sainte-Lucie, en le
qualifiant de « halte ». Isolée au milieu des
étangs de la Nouvelle et de Sigean, Sainte-
Lucie serait une île, si la longue chaussée
du chemin de fer ne la reliait à la terre

ferme. Plus de cent fois, pendant mon
adolescence et ma première jeunesse, j'étais
passé devant cette île. Chaque fois, je m'étais
dit, avec le pressentiment des plaisirs rares
que cette humble terre me réservait : « Il
faut que je m'arrête là, un jour, ne serait-ce
que quelques heures ». Et un jour, en effet,
comme j'allais en Espagne et qu'aucune
hâte ne m'animait, je résolus de satisfaire,
sans plus tarder, un désir qui datait de
vingt ans. A Narbonne, je passai du wagon-
lit dans un train omnibus ; et une heure
après, je descendais à Sainte-Lucie.

C'était par une de ces après-midi très
douces et tout ensoleillées de février qui
donnent la sensation prématurée du printemps. Avec lenteur, je marchai dans un chemin bordé de pins maritimes, je traversai
une prairie toute verte, j'escaladai un escar-
pement boisé. Un sentier montant enfoui
dans le feuillage me mena jusqu'au plateau
que forme le milieu de l'île. Ce sont de vastes
champs nus couverts de bruyères, bordés
de haies de tamaris et d'amandiers. Les

amandiers étaient en fleurs ; ils exhalaient un parfum pénétrant qui rendait l'air suave. Tout à l'extrémité du plateau, j'ai trouvé une maisonnette blanche, plantée au sommet de la falaise et dominant de haut les étangs gris. Je me suis assis là, contre le mur, au soleil, sous le bouquet odorant d'un amandier. La légère brise venant des eaux lointaines et qui mettait sur mes lèvres un goût de sel faisait pleuvoir autour de moi les pétales des fleurs d'amande. Je n'avais pas rencontré un être vivant. Le silence était absolu — sauf parfois un vol d'oiseau dans les branches, le cri lointain d'une mouette, le glissement furtif d'un insecte entre deux feuilles sèches. Et jusqu'au coucher du soleil — qui m'avertirait de l'arrivée prochaine du train par lequel je devais repartir — je goûtai, à m'enivrer de solitude et de silence, une émotion d'abord très douce et bientôt si profonde qu'elle fut une sorte de voluptueuse angoisse...

D'angoisse et de volupté encore, mais d'autre qualité, fut pour moi l'enivrement de la solitude, près d'un an plus tard, dans un lieu bien différent de l'île Sainte-Lucie.

A Pompéi. Depuis une semaine à Naples, j'avais résolu de visiter seul l'antique cité exhumée. Je ne voulais point faire partie d'une caravane Cook ; je souhaitais ne pas me rencontrer avec ces groupes de touristes qui se croient plus indépendants parce qu'ils ne se confient qu'à des guides italiens. Un matin triste, chargé de menaces de pluie et balayé par un vent humide, me parut des plus propices. Et une automobile de louage me transporta jusque devant l'entrée principale de Pompéi. Les menaces du ciel s'étaient réalisées : il pleuvait. Cette pluie légère et fine me donnait une joie vive : elle garantissait ma solitude. En effet, le train qui arrivait de Naples, au moment où mon automobile stoppait, n'amenait aucun voyageur. J'éconduisis les guides en faction sous des parapluies au seuil de la ville morte ; effrontément, je déclarai aux gardiens que je connaissais Pompéi, et que je n'avais pas besoin de leurs services. Et je m'avançai d'un pas rapide dans la via Marina qui tout d'abord s'offre au visiteur.

La pluie avait incité les gardiens à se retirer dans les abris ; ils étaient invisibles. J'eus la sensation brusque d'entrer seul vivant dans un monde exhumé. Les réminiscences classiques et romanesques le ressuscitèrent dans mon esprit, et je ne pus m'empêcher de sourire en pensant au Glaucus des *Derniers Jours de Pompéi.* Mais ce sourire ne se renouvela pas ; et l'imagination même disparut, qui avait un instant peuplé ces maisons et ces rues de personnages à la romaine. Sous le ciel bas, sous les nuages lourds, dans la pluie, les ruines assombries et les voies désertes ne m'impressionnèrent plus qu'en raison de leur tristesse et de leur solitude.

Assis sur un fût de colonne, dans le Forum, j'eus devant moi un grand espace libre, nu, rendu plus vaste et plus nu par les vestiges des temples qui l'entourent. Et je restai là, immobile, muet, les yeux perdus, à me saturer de silence et de solitude. La

volupté profonde, savoureuse de la même
manière que l'amertume de certains vins,
dont cette saturation me pénétra, je ne
l'éprouverai jamais plus. On ne réunit
pas deux fois dans une seule et même vie
d'homme les éléments extérieurs et intimes
de repliement sur soi-même que les circonstances et l'état de mon cœur rassem-
blèrent ce jour-là autour de mon être médi-
tatif... C'est pourquoi jamais plus je ne
reverrai Pompéi.

Les Voluptés de l'Amour

CHAPITRE X

LES VOLUPTÉS DE L'AMOUR

LETTRES A UNE PARISIENNE

I

Madame et chère Amie,

Au début de votre dernière lettre, vous me demandez de dire ce qui nous manque le plus au « front de guerre ». Et à la fin, vous me permettez — c'est votre expression — de vous raconter mes aventures d'amour, car vous semblez ne pas douter que j'en aie.

Nous sommes dans un cantonnement, au repos pour trois jours, et je puis vous écrire à loisir. Votre demande et votre permission, quoique sans lien dans votre esprit, pro-

voquent une réponse unique et qui peut
leur être commune : ce qui nous manque le
plus ici, c'est la femme. Non pas la femme
considérée comme but et réceptacle de nos
ardeurs physiques, mais la femme en tant
qu'être de charme, d'élégance, de luxe, de
propos légers, d'étoffes soyeuses et de parfums délicats. Ce qui nous manque, c'est
l'infini des sensations, des impressions et des
sentiments qui composent les voluptés et
les tourments — les tourments qui sont une
sorte de volupté — de l'amour. Ce qui
nous manque enfin, c'est, en un seul mot,
l'amour. Nous n'en pouvons jouir que
rétrospectivement, et cette jouissance, si
elle a de la saveur, ne va pas sans mélancolie.

Il est cependant des jouissances non
rétrospectives. Pour employer vos propres
termes, nous avons des « aventures d'amour ».
Mais combien rares ! et d'une espèce à laquelle vous ne pensiez point en me donnant
votre permission de vous les raconter. Vous
allez en juger, sur un exemple des plus
caractéristiques.

Nous étions cantonnés depuis une semaine aux environs de Montbéliard, trop loin des champs de bataille pour entendre seulement les échos du canon ; nous préparions « la soupe », — succulent bouillon, genre « petite marmite » des restaurants parisiens, — lorsqu'est venu brusquement l'ordre auquel il faut toujours s'attendre et que nous n'espérions plus. Cette fois, un planton du Quartier Général le formulait ainsi : « Rassemblement ! Grouillez-vous ! On part dans un quart d'heure ! »

Nous voilà tous debout, gamelle et cuiller en main, entourant le planton et hurlant : «On part !... Si c'est pas malheureux ! par cette chaleur ! Où va-t-on ? Est-ce qu'on ne pouvait pas nous faire partir de bon matin, ou ce soir ? »

Un officier parut. Le planton s'esquiva. L'ordre fut précisé. Et nous, ayant crié avec une apparente mauvaise humeur, nous avons obéi avec une joie réelle. Cinq minutes pour avaler le pain trempé, la viande filandreuse et les pommes de terre bouillies.

Cinq minutes pour laver la vaisselle, grim-
per « à la chambrée », boucler le sac et le
ceinturon et se mettre en rangs, s'aligner...
A l'heure voulue, nous étions prêts et contents sous le soleil perpendiculaire.

Et ce fut d'abord la marche allègre et
cadencée, puis méditative et un peu lourde,
puis physiquement pénible, mais volontairement soutenue, la marche dans la poussière
et la chaleur, la marche mécanique vers un
but inconnu. Nous avons traversé Sainte-
Suzanne, Montbéliard, Sochaux et monté
jusqu'à mi-flanc d'une haute colline sans
arbres. La lumière était trop vive pour que
le paysage fût reposant à regarder.

On nous fit arrêter un peu avant l'entrée
d'un village. Aussitôt, nous nous sommes
assis sur le talus qui borde la route d'un côté.
La blancheur du sol réverbérait désagréa-
blement la lumière crue du soleil. De l'autre
côté de la route; un immense abreuvoir en
maçonnerie, magnifique et qui nous parut
monumental, reçoit les eaux limpides,
fraîches, bruyantes que déversent librement

deux gueules de cuivre. Ah ! que les animaux sont heureux ! Des vaches et des bœufs, qui passaient, buvaient là. Ils plongeaient leur mufle, elles trempaient leurs grosses lippes dans la fraîcheur de cette eau ruisselante... Et pour nous, qui ne sommes que des hommes, défense absolue, en marche, de boire de l'eau fraîche — avec raison d'ailleurs.

Mais la soif fut brusquement oubliée, une voix nette annonçait : « On cantonne dans ce village... Rassemblement ! »

Dans ce joli bourg dont les toits jaunis apparaissaient à travers les arbres, avec tout en haut de la colline un pittoresque clocher !... Nous voilà donc repartis, allègres, droits, maintenant rouges de contentement autant que de chaleur.

Un quart d'heure plus tard, les hommes s'établissaient en maîtres sur la paille odorante et fraîche répandue à profusion dans les trois grandes salles de la maison d'école du village.

Je vous fais grâce des détails de cette

installation, du tableau pittoresque, mais
que vous avez vu dans tous les journaux,
formé par les soldats préparant sur la place
la soupe du soir, des investigations à travers le village pour m'assurer une chambre,
de ma conversation avec deux jeunes filles
qu'un favorable hasard mit sur mon chemin,
conversation grâce à laquelle mes recherches
s'arrêtèrent là, car l'une des deux jeunes
filles me promit d'obtenir que sa tante mît
à ma disposition une des chambres de sa
maison.

A six heures, je retrouvai Mlle X... —
vous ai-je confié qu'elle était jolie, qu'elle
parlait d'une voix chantante dont je me
souviendrai toujours et qu'elle avait dix-
sept ans ?... — Elle me dit : « Nous avons
préparé votre chambre. Voulez-vous venir
avec moi ? » Certes ! La maison est l'une
des dernières sur la montée, au-dessus de
l'église ; la tante de ma jeune hôtesse
m'accueillit avec un sourire et me montra
la chambre. C'était une de ces vastes, vieilles
et confortables chambres de village aux

meubles centenaires. Deux fenêtres : l'une au levant, l'autre à l'est. Près de la première se trouvait un large et profond fauteuil, un « Voltaire » que j'admirai et dont je me promis de beaucoup user pendant mon séjour dans cette maison, J'exprimai à la tante ma reconnaissance : « Maintenant, me dit Mlle X...; venez voir ce que nous avons de plus beau dans le pays : la Maison du Pasteur ».

Tous les deux, nous avons traversé le chemin. Et après avoir suivi une allée de quelques pas ménagée entre deux habitations rustiques, nous sommes entrés dans un petit jardin crépusculaire, où des roses d'automne mettaient encore quelques touches de clarté. La Maison du Pasteur cachait le soleil couchant. Elle était mélancolique avec toutes ses fenêtres closes, son perron verdi. De grands arbres l'encadraient et jetaient leurs hautes branches jusque sur le toit ; ils lui donnaient l'air passionné des vieilles estampes romantiques. Nous nous sommes arrêtés un instant. Et je laissais

pénétrer en moi la douceur de l'impression
nouvelle, quand la voix musicale prononça :
« Venez encore ! » Je suivis la jeune fille en
robe blanche. Nous avons contourné la
maison, passé sous les grands arbres, — et
brusquement mes yeux ont été éblouis.

Avec les arbres derrière nous et la masse
sombre de la Maison à notre gauche, nous
dominions un rapide dévalement de prairies
et de vergers qui se noyaient, en bas, dans le
brouillard vespéral montant du fond de la
vallée vaste et longue qui sinue de Montbéliard à Belfort. Le globe rouge du soleil
semblait se rouler sur le dos rond d'une
lointaine colline, qu'il frôlait de son orbe net.
Et tout le ciel au-dessus de l'horizon était
rouge, d'un rouge lumineux, éclatant, qui se
dégradait en nuances successives jusqu'à
n'être plus, sur nos têtes, que d'un rose
légèrement bleuté. Dans le silence, on entendait les sonnailles d'un troupeau de vaches invisibles. C'était grandiose et très
doux, magnifique et grave. Et cette paix,
cette paix solennelle de la Nature...

Nous nous sommes assis côte à côte, la jeune fille et moi, silencieux devant l'émouvant paysage. Tout s'assombrit lentement. Du fond de la vallée, le brouillard monte plus vite. L'on entend à peine les sonnailles. L'air est frémissant de caresses, l'air remué par les ailes battantes des chauves-souris. Toute la beauté mourante de cette fin de jour m'emplit l'âme d'une volupté un peu amère, amertume faite de la conscience d'insatiables désirs. J'ai pris doucement la main de la jeune fille ; elle a frissonné, mais elle a laissé sa main dans la mienne. Nous sommes restés ainsi ; je la regardais. Quand le soleil eut tout à fait disparu, elle se tourna vers moi. Nos yeux se rencontrèrent... Alors, toute rougissante, elle s'est levée sans bruit. Elle a murmuré : « Je rentre. » Je n'ai rien dit. Je me suis seulement laissé tomber tout de mon long sur l'herbe ; j'ai vu la robe blanche s'enfuir entre les arbres et disparaître...

Mais la fatigue et le sommeil alourdirent bientôt mes membres et pesèrent sur mes paupières. Je dus faire un effort et me lever, pour ne pas m'endormir là.

En la solitude de ma chambre, je me suis assis dans le fauteuil, devant la fenêtre ouverte sur le paysage lunaire. Et j'ai rêvé à la robe blanche, à deux Absentes, à Paris, à mes travaux, à toute la voluptueuse vie intellectuelle et passionnée que je vivais naguère... Des chants très doux berçaient ma rêverie. Dans sa chambre, qui était juste au-dessus de la mienne, Mlle X... et une amie chantaient des cantiques...

Le lendemain matin, un ordre inattendu nous éloignait du village... Je dus faire à mes hôtesses des adieux rapides ; et dans le jardin, derrière un buisson fleuri qui nous cacha pendant trois secondes, je connus la saveur des lèvres de la jeune fille.

Deux mains unies et des émotions au crépuscule, un baiser furtif dans le matin clair, voilà, Madame et chère Amie, la plus belle aventure d'amour qui me soit survenue depuis que je suis à la guerre. Je n'oublierai pas le nom de la vierge qui en fut la chaste héroïne, mais très probablement je ne la reverrai de ma vie. Elle-même, depuis lors, a-t-elle seulement pensé à moi? Il est passé des centaines de milliers de soldats, entre Belfort et Montbéliard, et, des lèvres d'une jeune fille un peu patriote, n'est-ce pas une gentillesse sans conséquences, un baiser aux lèvres d'un soldat qui arrive, se repose et part?...

Madame et chère Amie,

Je m'y attendais. « Je ne puis croire, dites-vous nettement, que vous ne fassiez jamais, les soldats, « l'amour à la hussarde ». Et vous me demandez d'être sincère, d'avouer que nous avons d'autres bonnes fortunes que les platoniques. Et vous ajoutez : « Ne niez pas que vous goûtez, même à la guerre, les « voluptés de l'amour ».

Les voluptés de l'amour ! J'y ai pensé toute cette nuit, avant que votre lettre me fût remise. Et le fait qui a provoqué mon insomnie méditative est un horrible fait de guerre, une atrocité qui, pour les Allemands, est le monstrueux équivalent de la conquête audacieuse et souriante de la femme, telle que vous l'entendez par l'expression « l'amour à la hussarde ».

Que je vous conte cela. Dominez votre pudeur et ne cédez pas à vos nerfs : l'histoire est d'une brutalité, d'une atrocité bien teutonnes. Mais elle caractérise la mentalité d'un peuple relativement aux « voluptés de l'amour » ; elle servira de contraste à ce que je vous dirai de nos aventures d'amour, pour répondre à votre lettre.

Vers quatre heures de l'après-midi, le jeudi de la semaine passée, une forte patrouille bavaroise parvint à une ferme isolée. Le fermier avait été tué de loin, à coups de fusil. Dans la matinée, un obus avait décapité sa femme. Il ne restait à la ferme qu'une vieille servante et la fille des fermiers, belle, grasse et jeune.

Tandis que les soldats pillent, le sous-officier qui les commande entraîne la jeune fille dans une chambre du rez-de-chaussée. La vieille servante, qui a suivi le Bavarois et qui l'implore, reçoit de lui, dans le ventre, une balle de revolver. Elle tombe sur le seuil d'une porte entr'ouverte qui fait commu-

niquer la chambre avec le jardin potager.
Le sous-officier pousse la jeune fille vers le lit;
il la déshabille vivement sans que, terrorisée,
elle ose résister, et il la jette toute nue
sur les draps. Puis, il met son casque sur
la table de nuit, à côté du revolver qu'il
a posé là, une fois l'importune servante
abattue.

La fille est si belle que le barbare, incité
par sa beauté à des raffinements, ne veut
point tout de suite violer sa victime. Il
s'est mis à genoux sur le lit, et des mains
et des lèvres il caresse le jeune corps
frémissant, frissonnant de répulsion et de
terreur.

Soudain, la tête de l'homme s'est abaissée.
La malheureuse ne voit plus les yeux de la
brute, mais seulement ses cheveux roux.
Elle n'est plus fascinée. Une sensation pénétrante, une morsure peut-être, l'affole. Une
idée terrible jaillit en sa pensée. Passive
jusque-là, brusquement elle agit. Son bras
se déplace, sa main saisit le revolver,
l'enlève. Elle enfonce le canon de l'arme

dans les cheveux roux. Elle fait feu. Un flot de sang inonde son ventre. Le grand corps s'affaisse entre ses jambes. Elle s'évanouit.

Mais les soudards ont entendu la détonation. Ils accourent, voient leur chef mort, le revolver fumant : ils comprennent. Ils empoignent le cadavre et le jettent hors du lit. L'un d'eux saute sur la malheureuse, qui se réveille en hurlant, et qui subit, maintenue par des mains rudes, le viol d'une vingtaine de brutes.

Ensuite, nue et ensanglantée, pantelante et folle, elle est enlevée dans les bras d'un géant, assise sur le casque dont la pointe l'empale, et tandis qu'elle vacille, elle est, à quatre pas, fusillée.

Les Bavarois mirent ensuite le feu à la ferme.

Voilà, Madame, ce que m'a raconté, avant de mourir, la vieille servante. Après avoir assisté à cette effroyable scène, elle s'était traînée jusqu'au fond du jardin, où je la découvris, pendant la nuit, aux lueurs de la ferme brûlant encore.

Et tel est l' « amour à la hussarde » des Allemands.

Quant à nous, oh ! sans doute, nous ne sommes pas des anachorètes ! Nous n'avons ni violé, ni tué à la manière teutonne ; nous ne le ferions certainement pas, même si nous campions au delà du Rhin. Mais puisque vous y tenez, j'avoue qu'il est arrivé à beaucoup d'entre nous, sinon à tous, de trousser une fille dans une grange — ai-je besoin de vous dire que c'est toujours avec le consentement et au goût de la fille ? — nous nous sommes parfois attardés entre des bras frais sur une meule de paille, et même certains ont eu la chance de passer une nuit en la compagnie privée de quelque bonne hôtesse, attendrie par notre appareil guerrier, par les dangers que nous allions courir, et béante d'admiration devant nos faces martiales de « poilus ».

Mais peut-on assimiler cela aux « voluptés de l'amour » auxquelles vous pensez?

L'homme de civilisation raffinée, que je ne puis m'empêcher d'être, considère chacun de ces incidents agréables comme la satisfaction d'un besoin physique analogue au besoin de boire, de manger, de se reposer, de dormir. Satisfaction d'ailleurs trop rare, et, quand on la trouve, trop brutale et trop rapide quatre fois sur cinq. Je suis habitué à moins de simplicité et ne suis pas si « nature ».

Les voluptés de l'amour, dont la possession physique de la femme n'est qu'un des éléments, sont autre chose que ces brèves copulations. Même avec des sentiments profonds et réciproques, même avec la flamme ardente de la passion, il y faut une science des gestes, des attitudes, des étreintes, des regards, des paroles, science que bien peu de femmes possèdent. L'instinct n'y suffit pas. Une singulière éducation des sens y est nécessaire, éducation assez adroite et prudente pour ne pas supprimer la pudeur...

Et cela, ah ! cela manque ici, totalement,

aux femmes grâce auxquelles nous évitons
l'atrophie de notre virilité...

Alors, les voluptés de l'amour... N'en
parlons pas, voulez-vous? Je tomberais
dans la mélancolie des vains regrets et des
évocations troublantes...

Madame et chère Amie,

« N'en parlons pas », disais-je en termi-
nant ma dernière lettre. Je n'hésite pas à me
contredire, et je vous en parlerai aujour-
d'hui, parce que j'ai le temps et parce que
j'éprouve le besoin de remplir le présent
d'évocations rétrospectives et d'espoirs.

Nous ne pouvons pas ressentir à la guerre
les voluptés de l'amour, vous ai-je affirmé.
Et vous ne m'avez pas cru. C'est que je
n'ai pas assez insisté sur ce que signifient
pour moi ces deux mots réunis : volupté,
amour.

Les voluptés de l'amour sont de deux
sortes distinctes, mais qui ne peuvent aller
l'une sans l'autre, sous peine d'imperfection :
voluptés morales, — sentimentales, si vous
préférez ce mot plus facilement compré-

hensible en l'espèce, — et voluptés physiques.

Les premières sont faites de la fusion complète de deux âmes, la plus faible dans la plus forte ; cette fusion opérée, — et la nature veut que ce soit presque toujours l'âme de l'amant qui absorbe celle de l'amoureuse, — quelle joie pour deux êtres de se sentir unis l'un à l'autre au point que la mort elle-même n'est plus qu'une séparation matérielle ! Alors, on n'a que rarement le besoin de parler : les esprits sont en communion incessante, les regards valent à eux seuls de longs discours, et pendant des silences qui peuvent durer des heures, sans qu'aucune parole les interrompe, les pensées pareilles naissent, s'élancent, s'enlacent, se confondent, s'amalgament. Et pour l'autre « moi » qui est en nous, pour le moi observant le moi qui agit, ce sont là des spectacles, des impressions, des sensations même dont on s'enivre et dont on s'exalte jusqu'à l'extase. Rêver à l'être aimé est alors un bonheur divin ; le voir donne des transports secrets dont on défaillirait, si le corps ne

résistait d'instinct à l'émotion intérieure,
afin d'en prolonger les délices.

Si les amants causent, c'est pour expri-
mer, chacun d'une manière personnelle,
des pensées, des admirations, des répulsions
communes ; c'est pour examiner librement,
sans discussion agressive et têtue, avec un
affectueux vouloir de compréhension et
d'entente, des sujets de tout ordre, tenant
aux spéculations éternelles de l'Esprit. Et
les connaissances de l'un et de l'autre amant
se superposent, se mêlent, se fortifient, se
complètent, s'élèvent mutuellement grâce
à l'union de leurs intelligences, aussi intime,
aussi sincère et fructueuse que l'union de
leurs cœurs. Et n'oubliez pas que les péri-
péties de l'existence leur donnent parfois
l'occasion de se témoigner l'un à l'autre du
dévouement, de l'abnégation, une sereine
volonté de sacrifice ; et l'amour réalise
alors ce phénomène sublime que celui des
deux amants qui se dévoue, se subordonne,
se sacrifie, éprouve, par ces actes, la plus
intense des voluptés.

Ces jouissances d'ordre moral, l'amour les crée spontanément. Mais la science de l'amour les accroît et les concrétise par l'apport des voluptés physiques.

Pour que le bonheur des deux amants soit entier, pour qu'ils goûtent dans leur diversité et leur plénitude les voluptés de l'amour, il faut qu'ils sachent aimer. La communion des âmes doit être la cause, le prélude et l'anoblissement de la communion des corps; et celle-ci comporte des rites, des gestes, des attitudes; l'instinct seul ne suffit pas à les faire accomplir avec la perfection indispensable à la perfection même des voluptés promises par l'amour.

Rares sont les femmes, et plus rares encore les hommes, qui savent l'art du geste, de la caresse, du baiser, de l'étreinte, du don et de la possession. Cet art exige un corps sain, vigoureux et bien fait, un tempérament ardent, une imagination vive et des nerfs sensibles. L'à-propos et l'imprévu, la douceur et la force y sont nécessaires. Il y faut une souplesse naturelle et soigneusement

entretenue de tous les muscles, une infinie
variété d'exécution, un sens dactyle attentif,
sagace et délicat. Et il est capital que l'on
sache et que l'on puisse être pudique et ne
l'être point ! Ces qualités, si elles sont laten-
tes, l'éducation amoureuse les révèle et les
développe : elles étaient un instinct, elles
deviennent une science. Mais à qui ne les
possède pas, aucun enseignement ne saurait
les donner.

C'est pourquoi tous les êtres humains ne
sont pas également construits pour l'amour,
ou du moins destinés à jouir également des
voluptés de l'amour. C'est une conjoncture
peu fréquente que la rencontre d'un homme
et d'une vierge pareillement doués. Elle
est plus rare encore si la femme n'en est
point au premier don d'elle-même, car le fait
seul de son infidélité à l'initiateur prouve
nettement : ou bien que celui-ci ne sut pas
la comprendre, — et alors, presque inévita-
blement, l'instrument d'amour a été faussé à
jamais par une initiation brutale ou mala-
droite ; ou bien que la femme n'est pas de

celles que la Fatalité destine à donner et à
éprouver parfaitement les voluptés de
l'amour. Mais quand l'amant perspicace,
expérimenté, découvre en une amoureuse
les qualités fondamentales, quel enivrement
pour lui, s'il sait les cultiver, les faire éclore,
les pousser à des épanouissements raffinés,
renouvelés, incessants, et qui n'ont de fin
que par la vieillesse ou par la mort !

.   .   .   .

Et maintenant, Madame, comprenez-vous
pourquoi je ne trouve pas dans les cantonnements et au bivouac les voluptés de
l'amour?... Et ne serait-ce pas profaner
à la fois le vocable et l'idée, que les appliquer
aux menues impressions données par une
jeune fille en robe blanche dans la langueur
du soleil couchant, et aux sensations brèves
octroyées par une gaillarde qui s'est laissé
culbuter sur la paille d'une grange ou l'herbe
d'une prairie?...

La Volupté du Travail

CHAPITRE XI

LA VOLUPTÉ DU TRAVAIL

PENDANT UNE ACCALMIE

Depuis quatre jours, nous sommes au repos dans un cantonnement tranquille, au beau milieu d'un village que la guerre n'a pas touché.

D'abord, nous n'avons rien fait que nous étendre au soleil, fumer des pipes et lire des journaux. Puis, l'oisiveté nous a paru insupportable et chacun s'est mis à travailler de son métier.

La plupart de mes hommes ont offert gratuitement leurs services aux habitants du village : agriculteurs, charrons, peintres,

menuisiers ont trouvé à s'employer ; un
comptable fait fonction de secrétaire provisoire à la mairie ; un instituteur assemble
autour de lui les enfants et passe de l'alpha-
bet à l'histoire de France ; et moi, je mets
au net, coordonne, émonde, corrige et reco-
pie les notes informes, mais substantielles,
de mon carnet de route.

Pour la première fois depuis que nous
sommes à la guerre, nous goûtons la volupté
du travail, volupté d'autant plus profonde
qu'elle est désintéressée. Nous travaillons
pour travailler, et non pour subvenir aux
besoins quotidiens de l'existence, pour nous
enrichir ou réaliser des ambitions. Nous
travaillons parce que le travail est bon, sain,
créateur de joie, d'appétit et de sommeil
tranquille. Et je me rends compte avec
plaisir que plusieurs d'entre nous ont enfin
conscience de ceci : le travail est une des
fonctions naturelles de l'être vivant ; la
Nature est continuellement en travail, c'est
la Civilisation qui a créé l'oisiveté, avec
d'autres vices, — elle a substitué pour cer-

tains hommes les vains plaisirs de la paresse
à la fructueuse volupté du travail. Or, nous
sommes, en ce temps de guerre, aussi peu
civilisés que possible. Aussi, les plus pares-
seux d'entre nous redeviennent-ils des
hommes selon la Nature, et ils se mettent
à travailler avec ardeur, avec une bruyante
gaieté ou une placidité silencieuse, chacun
suivant son tempérament.

Et ce n'est pas sans un peu de colère
contre le temps présent que je me rappelle
les jours passés. Levé de grand matin, je
clarifiais par une toilette à l'eau froide
mon cerveau tumultueux et lourd des rumi-
nations intellectuelles de la nuit. Vite, je
me débarrassais de la hantise de mes habi-
tudes en lisant les journaux et en fumant
quelques cigarettes après l'absorption rapide
du petit déjeuner. Et ensuite, jusqu'à midi,
et parfois jusqu'au soir avec une inter-
ruption de deux heures pour le repas et le
cigare, c'était le bon travail tantôt calme
et tantôt fiévreux, qui d'abord irrite par
son imperfection évidente, mais qui, après

qu'on s'y est acharné, qu'on a pris corps à corps les difficultés et qu'on a la conviction de les avoir vaincues, donne à l'homme le divin orgueil du créateur. Créer par le travail, quelle jouissance profonde, pleine, totale ! Quand donc reviendra-t-il le temps où l'œuvre de vie est possible et quotidienne ?

Aujourd'hui, après la « soupe » de cinq heures, nous avons formé entre officiers et soldats une sorte de salon en plein air — salon où l'on cause. Inspiré par les occupations voulues et pacifiques de la journée, nous avons parlé de ce que sera la vie nationale après la guerre. Et chacun de nous s'enthousiasme aux perspectives qui s'offrent à nos espoirs. Quelles possibilités de travail, de fortune, de réalisations magnifiques ! Moins nombreux, les hommes auront plus de chance pour exercer leur esprit d'initiative et d'entreprise, leur intelligence et leur énergie. Et les œuvres de mort auront accru la nécessaire expansion des œuvres de vie.

Certes, nous sommes déterminés à mourir et nous ne commettrions aucune lâcheté pour éviter la mort. Mais cette abnégation raisonnée ne nous empêche pas d'être possédés d'une ardente et furieuse passion de vivre, afin que nous puissions participer, avec toutes nos forces intactes, au merveilleux essor d'activité laborieuse, aux formidables concours d'ambitions que provoquera le renouveau des temps pacifiques : familles à constituer, cités à reconstruire, champs à niveler et à cultiver qu'ont ravagés et défoncés les obus, usines à réédifier, commerce à étendre sur la terre tout entière, lois morales et sociales à élaborer ou à mettre en œuvre, histoire, littérature, arts plastiques... Quelles semailles! Quelles moissons !...

Ah! comme les travaux de la guerre, auxquels depuis des mois se livrent des millions d'hommes, semblent méprisables, haïssables et maudits, lorsqu'on les met en parallèle avec les travaux de la paix ! Et pourtant, malgré les raisonnements de l'esprit, notre instinct nous dit que la guerre est utile à la paix, et que ceux qui meurent font de leur sang un sacrifice dont s'exaltera la puissance des vivants.

La Volupté du Sacrifice
et de la Mort

CHAPITRE XII

LA VOLUPTÉ DU SACRIFICE ET DE LA MORT

LES CŒURS SUBLIMES

AVEC une patrouille de quelques hommes, je me rendais de Fraize à la Croix-aux-Mines. Plusieurs fois depuis deux semaines, j'avais fait ce trajet. Le chemin s'élève d'abord au-dessus de Fraize, s'enfonce dans un bois de sapins couronnant la haute colline et descend dans une vallée pittoresque dont il suit le fond, tantôt entre de claires prairies, tantôt entre de noires sapinières. A la montée, quelques trous d'obus très espacés, deux ou trois maisons à demi

abattues sont les seuls stigmates des combats de la semaine passée. Mais dès que l'on
marche sur l'autre versant de la colline, on
foule une terre de grande bataille. Fermes
brûlées, arbres ébranchés, sapins jetés sur
le sol par les haches du génie ou fracassés
par le heurt et l'éclatement des obus,
énormes trous bordés d'un bourrelet de
terre, fossés du chemin transformés en tranchées, innombrables boîtes rondes de viande
de conserve, débris d'armes et équipements,
ici un képi, là un béret de chasseur alpin,
plus loin une casquette grise à bande rouge
ou un casque à pointe, et enfin, trop fré-
quemment, des tertres jaunes surmontés de
croix faites avec des planchettes clouées
ou des branches liées d'un torchis d'herbe
et que coiffent des képis : vestiges de lutte,
de vacarme, de sang, d'héroïsme, de souffrance et de mort.

Nous allions d'un pas tranquille. Des
obus tombaient, à de longs intervalles et
peu nombreux, dans les bois qui bordent le
chemin et sur le chemin lui-même, lequel

dévale en pente raide et en multiples sinuo-
sités. Comme nous faisions une courte halte,
nous avons vu arriver d'en haut un cycliste
militaire, un artilleur. Nous le regardions
venir à toute vitesse. Soudain, il y eut dans
l'air un hululement et un obus tomba,
éclatant en un déchirant fracas métallique.
La fumée emportée par le vent, nous voyons
le cycliste à terre. Nous courons à lui. Il
s'était déjà relevé de lui-même. Son visage
ruisselait de sang : la joue, l'oreille gauches
étaient rasées, écorchées et très probablement l'œil était perdu. Tout ce côté de la
tête ne formait qu'une plaie rouge. Nous
nous empressions. Mais l'homme dit d'une
voix impérieuse et rauque, en essuyant
d'un revers de main le sang qui coulait
dans sa bouche :

— Mon vélo ! où est mon vélo ?

La bicyclette gisait à trois pas. Elle était
intacte. Et quelqu'un des nôtres dit en
riant :

— Le vélo n'a rien !

— Bon ! fit l'homme en saisissant le

guidon, j'ai un ordre à porter. Vous comprenez ?

— Vous ne pouvez pas continuer ! m'écriai-je. J'enverrai quelqu'un. Vous n'y voyez pas. Votre œil gauche est peut-être crevé.

— Possible ! fit l'homme. *Mais l'autre est bon !*

Et il saute sur sa machine, l'épaule rouge de sang. Et il file et il disparaît au tournant du chemin en pente.

Voilà de l'héroïsme ! Ce soldat était, de toute évidence, un paysan. Il ne faisait pas un « mot d'esprit » pour l'Histoire. Il constatait simplement, sans même se douter de ce que sa constatation avait de sublime, qu'un œil suffit pour voir où l'on va, quand on a un ordre à porter quelque part ; et pour l'exécution fidèle de sa consigne, il faisait délibérément le sacrifice de son œil gauche, comme il aurait fait le sacrifice de sa vie.

Le sacrifice ! c'est ce sentiment du sacrifice qui est au fond et au début de tous les héroïsmes.

Peu de temps après cette inoubliable rencontre du cycliste militaire, je lisais une des belles pages que le général Cherfils prodigue dans l'*Écho de Paris*. Les faits dont elle est nourrie s'apparentent à celui que je viens de raconter. Lisez-la sans en omettre une ligne : c'est un des plus beaux témoignages sur lesquels nous puissions méditer.

« Ces soldats qui, dans leur tranchée, sous la pluie infernale de la grosse artillerie que la nôtre n'avait pas réussi à éteindre, disent à leurs officiers : « Nous mourrons tous avec vous ! » Ce lieutenant Lelong qui, voyant la position de ses mitrailleuses perdue, se lance en avant le revolver à la main, criant à ses hommes : « Je vais vous montrer comment meurt un officier français ! » Ce capitaine Poirier qui, terrassé par une cruelle blessure, se redresse, se défend à coups de crosse, retombe, puis est relevé par le sergent Cazeilles qui, blessé lui-même, le sauve en l'emportant sur son dos ! Ce soldat Simon qui, pendant 900 mètres,

traîne sous la mitraille le corps de son
officier pour l'arracher aux Allemands !
Le soldat Jouy, seul dans une tranchée où
l'on n'a pas pu amener de secours, la défend
contre un peloton d'ennemis, en tue six
avec son fusil, en découd un à la baïonnette,
blesse l'officier allemand et se replie en
combattant ! Et le sous-lieutenant Cazeau !
Il tombe en entraînant sa section à la charge
et, pour l'exciter à l'attaque, se redresse à
moitié et chante de toutes ses forces expi-
rantes : « Mourir pour la patrie ! » Lequel de
tous ces traits est le plus beau ? Lorsqu'un
chantre inspiré ramassera toute cette gloire,
toute cette moisson d'héroïsme et en fixera la
grandeur dans la langue de Corneille, lorsqu'il en jettera dans le monde les accents
qui retentiront à travers les siècles, les
générations futures apprendront à lire dans
une épopée plus radieuse que l'*Iliade*. Les
héros d'Homère n'ont pas de gestes ni
d'actes plus magnifiques. Il ne manque à
l'histoire d'aujourd'hui que le verbe immortel et le recul des âges pour surpasser les

plus hauts sommets des prouesses humaines. »

Sortez des rangs de l'armée, et vous avez des centaines de citoyens, prêtres, maires, médecins, vieillards et jeunes gens de diverses professions ; faisant leur devoir sous les habits de tous les jours, comme d'autres le font sous l'uniforme militaire, ils se sont offerts tout entiers en sacrifice, et pour beaucoup le sacrifice a été accepté, puisqu'ils sont morts pour la patrie.

Et pensez aux épouses, aux mères qui, de cœur grand, ont accepté l'holocauste de leurs maris, de leurs fils ; aux femmes de tous les cultes religieux qui, non contentes de cet holocauste, sont devenues de véritables « sœurs de charité », à celles qui l'étaient déjà conventuellement, et qui ont redoublé d'abnégation et de courage...

Et supputez quelle somme énorme de sacrifice représentent la vie et la mort des hommes !

Parfois âpre et irritante, parfois lénifiante et douce, la volupté du sacrifice est d'une telle intensité qu'elle annihile la

douleur. Elle est difficilement analysable ;
elle est d'une infinie variété de nuances,
puisqu'elle va de la simple satisfaction
intime jusqu'à l'extase. Extatique, si la
volupté du sacrifice l'est souvent, la volupté
de la mort l'est toujours. Il faut avoir vu
le visage des hommes qui *s'élancèrent vers
la mort, et, soudain figés, l'attendirent et la
reçurent...* Rappelez-vous certains masques
marmoréens de soldats tombés dans l'élan
vers le combat, dans l'exaltation de la
bataille !...

Les yeux encore agrandis par l'indicible
et sublime vision, les traits tendus mais non
déformés, la stupéfiante expression de *joie
formidable* dont tous ces traits vivent encore :
voilà l'image de l'homme qui, en mourant
d'une mort spontanément acceptée, accueil-
lie et comprise, a éprouvé la volupté de
mourir avec la volupté de se sacrifier.

L'Ivresse de Tuer

CHAPITRE XIII

———

L'IVRESSE DE TUER

———

JE la connais enfin, la volupté de tuer !

Jusqu'à présent, je n'en avais vu, et chez les autres hommes, que les signes exté-rieurs. Maintenant, je sais que je l'ai possé-dée en moi ou plutôt qu'elle m'a possédé tout entier pendant quelques minutes rapides, énormes, inoubliables, honteuses !

Hier encore, je me disais : « Malgré mes fonctions actuelles qui font de moi un offi-cier non-combattant, aurai-je la chance de la lutte corps à corps et la vision de la mort jaillie de ma main ? Éprouverai-je les im-pressions qu'éprouvent tant de soldats que

je vois aller à la bataille ? En aurai-je conscience ou subirai-je, sans les distinguer, de
banales et grossières sensations physiques ?...

Je me demandais cela, hier, en voyant
passer, devant le Quartier Général où je
me trouvais, un bataillon d'alpins allant au
feu.

Poudreux, hâves, aux poils longs et aux
mains sales, tous ces hommes contenaient
leur envie de courir. Leurs yeux farouches
et leurs lèvres serrées exprimaient autre
chose que l'excitation nerveuse, autre chose
aussi que du patriotisme enthousiaste ou
exaspéré ; et cette autre chose évidente ne
peut s'appeler qu'ainsi : la soif du meurtre.
C'était bien la soif du meurtre qui durcissait
ou affolait les regards, exagérait l'avancée
des maxillaires, précipitait le mouvement
des jambes et crispait les mains sur les cu-
lasses des fusils à la bretelle. Et quand les
premiers rangs eurent défilé dans un halo
de rouge poussière, je sentis bien que je
participais, que nous participions, tous les
officiers spectateurs de ce passage d'ins-

tincts violents, à la soif du meurtre qui
desséchait les gorges de ces soldats attirés
par la bataille.

C'était hier...

Et aujourd'hui, me voilà satisfait. Je me
suis battu, j'ai détruit une chose vivante,
j'ai tué. Et je pense qu'il faut que les lois de
la Société soient devenues pour la plupart
des hommes la règle incontestée d'une
« seconde nature », car sans cela il serait
inconcevable que l'on ne fût pas, en paix
comme en guerre, meurtrier par plaisir :
*il n'y a pas de volupté plus profonde, plus
obscure et par conséquent plus passionnante
que la volupté de tuer.*

Comment ai-je appris cette abominable
vérité? De la manière la plus simple et qui
ne comporte en ce temps aucun héroïsme.
Des événements semblables à ceux que je
viens de vivre ont été vécus par des milliers
et des milliers d'hommes. Ce fut d'une
humble et tragique brutalité, à laquelle vint
s'ajouter, aux dernières minutes, un peu de ce
comique sanglant plus fréquent que ne le

font croire les épopées calamistrées de certains reporters en chambre, spécialistes de l'héroïsme traditionnel...

Mais elle est basse et laide, la volupté du meurtre ; elle donne de la honte et du remords, même lorsque le meurtre est provoqué par le plus idéal des sentiments : l'amour de la patrie. Cette volupté est indigne de l'homme civilisé. Que, réduit à la guerre, il tue pour ne pas être tué, c'est bien. Mais qu'il épouve du plaisir, de l'orgueil, une exaltation âcre et forte à faire dans un corps vivant un trou par où le sang coule, voilà qui est humiliant pour l'intelligence. A l'instant du meurtre, je me suis bien rendu compte que je n'étais animé par aucune vertu, par aucun noble sentiment : j'ai tué comme tue un sauvage, et j'ai joui de l'acte brutal de la même manière qu'en jouit une brute quelconque ; la seule différence entre la brute et moi, c'est que je me suis analysé.

En calculant le temps d'ivresse meurtrière, chacun peut juger pour soi du degré de civilisation morale et de spiritualité où il est parvenu : la brute s'attarde à jouir et recherche sans nécessité vitale l'occasion d'autres jouissances semblables ; l'homme pensant, aussitôt tombée la brève exaltation, se détourne de l'acte sanglant, il s'efforce de l'oublier, et il a honte et remords de s'être plu, ne serait-ce qu'une seconde, à savourer la volupté de tuer.

Un indice que les Allemands n'ont, en réalité, aucune civilisation morale et que, sous les vernis de la science, ils sont restés des barbares, c'est la continuité, le renouvellement systématique, le raffinement tortionnaire de leurs actes de violence, de rapine, de destruction et de meurtre. Il est évident que les Français, hormis quelques rares exceptions individuelles, ont fait la guerre parce qu'ils ne pouvaient se laisser bénévolement germaniser ; ils n'ont fait la guerre qu'à leur corps défendant, c'est-à-dire pour sauvegarder l'existence de leur pays, de leur race, des idées françaises ; la volupté de faire la guerre n'a été chez eux que subie, passa-

gère et occasionnelle; ils ne l'ont point
recherchée et, l'ayant éprouvée du fait d'un
instinct non encore complètement annihilé
par l'intelligence, ils ne se sont point complu
à la prolonger en eux. Ils ont livré mille
batailles ; ils n'ont point commis des assas-
sinats. Pour les Allemands, au contraire,
la guerre est devenue tout de suite un pré-
texte à de barbares assouvissements, et ils
se sont vautrés, avec une joie de brutes to-
tales, dans la volupté de piller, de torturer
et de tuer. Ainsi apparaît lumineusement ce
qu'est l'Esprit français et ce qu'est la
Kultur allemande.

Je n'ai ni pillé, ni torturé; j'ai tué — et
j'y ai été obligé par l'instinct de la conser-
vation, qui me poussa à me défendre en
personne, moi, officier non-combattant par
mon poste et mes fonctions. Et pendant
un temps inappréciable, mais qui, me semble-
t-il, ne dépassa pas la durée d'une minute,
j'ai joui de tout mon être, violemment, à
la vue du corps abattu, du sang qui s'épan-
dait sur la face horrifiée et dans la barbe

blonde. Et je suis certain que l'idée de ma vie sauve n'était pour rien dans mon inqualifiable plaisir...

L'écrirai-je?... Eh bien !... oui, je me méprise un peu d'avoir accueilli ce plaisir, d'avoir éprouvé cette jouissance, d'avoir constaté qu'il y a dans le meurtre une volupté physique plus profonde, plus puissante, plus intense que toutes les autres voluptés.

La Volupté du Dégoût

CHAPITRE XIV

LA VOLUPTÉ DU DÉGOUT

CERTAINS jours n'apportent qu'amertume, comme si le Destin voulait nous avertir que nous devons jalousement savourer la volupté de vivre à toutes les minutes où vivre est une volupté. Ces jours noirs sont le contraste nécessaire, l'indispensable élément de comparaison sans lequel les jours clairs nous deviendraient une habitude et perdraient leur saveur.

Ces réflexions me sont inspirées par les journaux et par une lettre. Les journaux relatent l'immonde volte-face des Bulgares se joignant à leurs ennemis les Turcs, à leurs rivaux les Austro-Allemands pour

tomber sur leurs frères les Serbes. pour
trahir la Russie qui arracha la Bulgarie à
la tyrannie ottomane, enfin pour faire la
guerre aux Français, qui toujours se mon-
trèrent généreux. Les journaux racontent
encore que le roi Constantin de Grèce et
son gouvernement proclament que la Grèce
n'est pas tenue d'observer le traité d'alliance
gréco-serbe, parce que la Serbie est atta-
quée, non par la Bulgarie seule, mais par
la Bulgarie alliée à de grandes puissances,
— ce qui est, à proprement parler, une dia-
lectique de lâche et une bonne foi de Teu-
ton. Les journaux racontent enfin les incidents scandaleux, plus humiliants que bien
des défaites, provoqués à la Chambre des
députés par quelques hommes de parti
avides de portefeuilles ministériels, alors
que, à cent kilomètres du Palais-Bourbon,
des Français souffrent et meurent, pour un
Idéal, avec désintéressement, noblesse et
fraternité. — Quant à la lettre, elle m'annonce
qu'un ami, mon frère d'esprit et de cœur
depuis quinze ans, a renié tout notre passé

de luttes, de joies, de réalisations et d'espoirs, pour faire cause commune, par intérêt
immédiat, par vanité, par ambition mes-
quine, avec un homme qui fut mon adver-
saire politique, en un temps où je me livrais
sottement à une activité ridicule, pour
laquelle, grâce aux profondes leçons de la
guerre, je n'ai maintenant que du mépris.

Je ne suis pas encore arrivé à la suprême
sagesse, puisque la conduite équivalente
des Bulgares, des Grecs, de certains parle-
mentaires français et de mon ancien ami
a fait naître en moi quelque colère et une
amère sensation de dégoût.

En de telles conjonctures, nous devrions
hausser les épaules, rejeter lettre et journaux, oublier les hommes, choisir un bon
cigare et aller fumer dans un site agréable.
Oui, je devrais faire cela, et jouir des
splendeurs dernières de cet automne. Probablement, je ne suis pas encore assez
égoïste, assez détaché des contingences,
pour agir de cette manière raisonnable et
hygiénique. J'aime mieux m'avouer que

12

cette journée est définitivement corrompue,
qu'il convient d'ailleurs de ne pas fuir le
dégoût, — car il a aussi sa volupté, à condi-
tion qu'il soit absorbé à haute dose.

Or, les temps sont propices à une
débauche de dégoût, à une orgiaque saoule-
rie d'amertume. Et voilà que je comprends
enfin toute la tragique vérité de l'œuvre
de Léon Bloy, le grand Dégoûté.

Si l'on a la force, le courage et la fran-
chise d'aller au fond des choses, de mettre
à nu sa pensée d'homme au lieu de l'enfouir
sous un chaos d'idées apprises et de conven-
tions reçues, l'on est obligé de constater ceci :

— « L'homme est un homme avant
d'être un Français, un Anglais, un Italien,
un Allemand, un Espagnol, un citoyen de
n'importe quelle nation ; — la vie existe
pour l'homme sans être forcément condi-
tionnée par l'idée de patrie ; — après la
révocation de l'édit de Nantes, des hugue-
nots français devinrent rapidement des
Anglais, des Hollandais, des Prussiens ; ils
continuèrent à prospérer et leurs familles

se perpétuèrent ; — les émigrés, les expatriés volontaires abondent en tous temps, et l'on sait que les Américains, si vivants, si frémissants d'avenir, si bien taillés pour la lutte quotidienne qui se continue de siècle en siècle, sont tous issus de familles ou d'individus qui, jadis ou naguère, perdirent leur patrie natale et s'en constituèrent une autre.

— « Elle est d'une terrible et profonde vérité, la parole de Renan : « *Les vrais vaincus d'une guerre, ce sont les morts*»; et par conséquent le seul fait de vivre implique une victoire de chaque minute, une victoire contre la Mort, triomphe provisoire, soit! mais d'autant plus à savourer que la défaite suprême est inévitable.

— « Les bienfaits de la guerre ne sauraient être sans folie mis en balance avec les bienfaits de la paix. Dénombrez les familles en deuil, les collectivités détruites ou ruinées, les souffrances des individus, les désespoirs cachés, les crimes, les cruautés, les bestialités de la guerre, et pensez seulement à une

belle moisson, à une riche vendange, à une
foire animée, à une séance de l'Académie
des sciences ou de l'Académie française, à un
concert de grande musique, à une foire de
village, à une fête populaire du temps de paix.

— « Il est monstrueux l'orgueil ou l'aveu-
glement des gouvernants qui jette belliqueu-
sement les peuples les uns contre les autres;
elle est déconcertante la sottise moutonnière
des peuples qui obéissent, prennent les armes
et s'entr'égorgent pour que quelques kilomètres carrés de sol soient en deçà plutôt
qu'au delà d'une frontière; pour que tel chemin de fer appartienne aux capitalistes de
telle nation et non à ceux de telle autre, alors
qu'à bon droit le chemin de fer appartient
à ceux qui, pacifiquement, mettront en
œuvre une intelligence et une activité supé-
rieures; pour que telle race ne soit pas do-
minée par telle autre, alors qu'il est normal
que les races anciennes servent de nourriture intellectuelle aux races nouvelles qui,
plus fortes de cette assimilation du passé,
marchent fatalement vers l'avenir jusqu'à

ce qu'à leur tour, ayant eu leur Destin, elles servent d'assises à d'autres races... »

Nous tous qui, non seulement avons vécu, avons servi, nous sommes battus pendant cette guerre, mais qui, depuis, avons pensé, disons-le : n'avons-nous pas ressenti l'aspiration chimérique de fuir nos terres d'illogisme, de discorde, de souffrance et de mort, pour nous réfugier sur une terre de sagesse, de concorde, de jouissance et de vie ? N'avons-nous pas éprouvé, ne serait-ce qu'une fois, un immense et pénétrant dégoût d'appartenir à cette humanité en folie ?...

Y a-t-il quelque part sur la terre un peuple isolé par la Nature de tous les autres peuples ? un pays qui ne puisse ni s'agrandir, ni agrandir un autre pays ? une agglomération d'êtres humains qui ne pense pas à franchir les mers pour aller à des conquêtes, et dont le sol soit si humble qu'il ne provoque les convoitises d'aucune autre agglomération ?

Être un pêcheur sur une côte ignorée ;

n'avoir que quelques compagnons simples
et bons, une compagne amoureuse, une
petite maison au soleil, une barque bien
balancée, des filets, deux chiens, une pipe,
et toutes les grâces, toutes les splendeurs,
tous les dons quotidiens de la Nature ! Ne
plus lire de journaux ; ne plus entendre
parler de politique et d'affaires ; se repaître
l'esprit de trois ou quatre livres immortels,
dont le sens varie sans cesse à mesure que
le lecteur vieillit, et qui sont toujours à
feuilleter, parce que toujours on y découvre
de nouvelles choses. Et attendre paisible-
ment la Mort, en vivant sans regret, sans
ambition, satisfait de l'heure qui passe,
du soleil qui réchauffe, de la pluie qui
rafraîchit et féconde, de la nuit qui repose!...

Saturé du dégoût d'aujourd'hui, jusqu'à
le trouver délectable à cause des pensées et
des rêves que son amertume me procure par le
besoin instinctif que j'ai de ne pas la sentir,
je me réfugie dans la spéculation de projets
impossibles, de projets que, fussent-ils réa-
lisables, je sais bien que je ne réaliserai pas.

Je ne les réaliserai point, parce que je suis un homme excessivement civilisé, chez qui l'éducation — si elle n'étouffe pas l'instinct — régente les actes principaux de la vie. Dans l'île de paix qui me semble un paradis, je ne tarderais pas à trouver monotone mon tranquille bonheur. Il nous faut les travaux, les compétitions, les difficultés, les échecs, les succès, les orgueils et même les vanités de la vie intellectuelle française, que dis-je? de la vie parisienne. Il nous faut entendre cette langue délicate, nuancée, qui est l'essence même de notre race. Il nous faut nos horizons familiers, notre ciel doux, nos sites, nos paysages, nos villes historiques, nos villages clairs, nos hameaux, nos fermes, nos fleuves et nos rivières. Il nous faut la poignée de main de nos amis — dussent-ils devenir félons — et les sourires de nos amies — même infidèles. Il nous faut l'atmosphère de notre Esprit français, parce que nous savons, malgré les défaillances individuelles, qu'il répugne à la trahison, à la lâcheté, à la laideur, qu'il est générateur de jeunesse, de beauté, de joie, de vie ! Et nous acceptons cette guerre avec les monstruosités et les trahisons qu'elle suscite, avec les souffrances qu'elle cause et les vilenies qu'elle rappelle, — nous l'acceptons parce que nous devons convenir, en dépit de nos rêves, qu'il nous serait impossible de vivre sans les conditions de notre existence antérieure, pour la résurrection desquelles cette guerre continue.

Le dégoût de la civilisation et de ses charges est tout au fond de nous-mêmes ; il nous devient tyranniquement sensible à certaines heures ; ainsi les algues et les boues sous-marines montent à la surface lorsqu'une grande tempête bouleverse l'Océan jusqu'en ses abîmes.

Le lendemain.

Me suis-je trompé, hier ? Et mon bon sens n'a-t-il pas été victime d'une nervosité, d'une humeur noire exceptionnelles ?... J'étais bien naïf de m'indigner contre des faits matériels et des laideurs morales, que j'attribuais à la civilisation, et non à la nature même de l'homme. N'est-ce pas l'homme qui a fait la civilisation? Il n'est coupable que d'avoir perfectionné des moyens de guerre, — car la guerre, la lutte, la mort donnée à autrui sont les conditions de la vie. Dès la naissance de toute chose, une sélection meurtrière s'accomplit : deux pousses sortent de la terre, et l'une s'étiole tandis que l'autre devient un arbre qui rend autour de lui le sol improductif. De la fourmi au mastodonte, les animaux sont en lutte perpétuelle ; la vie des champs, des forêts et des mers est un carnage continuellement renouvelé. « *L'homme est un animal par nature et par structure* », dit le Graindorge de M. Taine. Et ce philosophe ajoute : « *Il a des canines comme le chien et le renard, il les a enfoncées dès l'origine dans la chair d'autrui* ». Mais, plus pervers que les autres animaux, l'homme a voulu progresser dans le mal, et à ses canines il a substitué des baïonnettes, des fusils, des canons, des gaz asphyxiants, des liquides corrosifs et des

jets de feu. Sa perversité lui a inspiré l'hypo-
crisie. Et pour essayer de se faire illusion
à lui-même, il a tenté de transformer sa
cruelle avidité en vertu, et il a inventé
les idées de Liberté, Égalité, Fraternité,
Justice. Et ce sont quatre miroirs aux
alouettes ; l'homme qui les a fabriqués s'y
laisse prendre lui-même. — Liberté? qui est
libre de ne pas naître? de ne pas être
malade, laid, inintelligent et malchanceux?
de vivre entièrement à sa guise et de ne
pas mourir? — Égalité? un pauvre est-il
l'égal d'un riche? le faible, du fort? l'aban-
donné, du protégé? le malheureux, de
l'heureux? le sot, de l'intelligent? le soldat,
du général? le cantonnier, du ministre ? —
Fraternité? Quelle dérision ! contemplez
la lutte pour la vie en temps de paix et la
lutte de mort en temps de guerre. — Justice?
allons donc ! l'injustice est à la base même
de la vie ; il est injuste que tous les hommes
ne naissent pas également forts, beaux,
riches, aptes au bonheur ; il est injuste que
tel imbécile soit poussé, sans aucune peine

de sa part, aux plus beaux emplois, tandis qu'un fils de pauvres en qui brillera la flamme du génie n'ait que bien rarement le destin que la « justice » lui devrait ; il est injuste qu'un sage se tue dans une chute de bicyclette, alors qu'un fou se retrouve indemne après une matinée d'automobile à cent vingt à l'heure ; il est injuste qu'un Curie soit écrasé par un camion et qu'un Soleilland vive aux frais de l'État... Mais qu'est-ce qui n'est pas injuste? Dans la Nature d'abord, dans les Sociétés ensuite, l'injustice est de règle ; il n'y manque même pas les rarissimes exceptions qui la confirment.

Alors ?...

Alors, l'idée que nous nous faisons, à la faveur de certaines crises de conscience, d'une Arcadie où les hommes seraient pacifiques, loyaux, bons et contents de leur sort, c'est-à-dire libres, égaux, fraternels et justes, — cette idée, d'où nous vient-elle?. N'est-elle pas le fruit d'une éducation hypocrite ?

Problèmes décevants, énigmes obscures, auxquels des rhéteurs seuls peuvent se complaire, pour s'amuser à ce jeu d'esprit qui consiste à soutenir alternativement le pour et le contre.

Montaigne a dit : « *Que sçais-je ?* » Nous ne savons même pas que nous ne savons rien, puisque nous croyons parfois savoir quelque chose. Qui a raison, de Jean-Jacques affirmant que « *l'homme est né bon* », et d'Hobbes jetant son terrible « *Homo homini lupus* » ?...

Éternelle controverse.

Conclusion ; c'est encore le scepticisme aimable et judicieux qui est la bonne règle, et l'optimisme volontaire la bonne hygiène.

Il fait aujourd'hui un temps délicieux d'arrière-saison. Ravalons notre dégoût et fermons notre esprit aux cogitations des philosophes. Allons nous asseoir au soleil, devant quelque paysage de lignes pures et de belles couleurs, et oublions les hommes et la guerre dans une contemplation sans pensée.

La Volupté

de la Contemplation

CHAPITRE XV

LA VOLUPTÉ
DE LA CONTEMPLATION

LE pic rocheux au sommet duquel je me suis assis domine une large et profonde vallée qui méandre jusqu'à l'horizon. A droite et à gauche, des collines vêtues de sapins se succèdent et s'étagent ; tout au fond du val se tasse un hameau d'où montent des fumées. Le soleil, à son déclin, s'estompe de brumes violettes. Partout des oppositions d'ombre et de lumière donnent un vif relief au paysage. Le canon s'est tu. On n'entend plus que les sonnailles de quelque troupeau et, venant de très loin, le grondement d'un convoi.

Je suis seul, là, depuis quelques heures,
et je n'ai fait de gestes que pour bourrer
ma pipe et l'allumer. Je me suis livré de
tout mon être à la volupté de la contemplation, sans penser, ou du moins sans
regarder, retenir et analyser les pensées
capricieuses, fugaces, inconsistantes et libres
qui étaient en moi. La volupté de la contemplation est une des plus profondes et
peut-être la seule reposante. Elle n'a pas
même besoin pour naître et pour durer de
ce qu'on appelle un beau paysage ; d'ailleurs tous les paysages sont beaux lorsqu'on ne leur demande pas d'être autre
chose que ce qu'ils sont. L'âme du contem-
plateur sait discerner leur beauté singulière
même lorsqu'ils paraissent n'en pas avoir.

Assis sur le bord d'une route, au ras des
plaines infinies de la Beauce, — sur l'aspé-
rité d'une falaise bretonne, devant l'Océan
bouleversé, — à la terrasse d'un jardin
napolitain, au fond de la baie parsemée
d'îles, — sur le penchant d'une colline
d'Auvergne, à la lisière d'une prairie incur-

vée, — à l'extrémité d'une de ces merveilles que sont les lacs italiens, — au sommet d'une montagne dauphinoise, devant la pittoresque majesté des Alpes, — à l'entrée du prodigieux cirque de Gavarnie, — sur les remparts d'Aigues-Mortes, — au-dessus du Tage, couleur d'acier, en face de la rude Tolède, — enfin devant la claire monotonie d'un paysage familier : partout l'homme peut se livrer à la volupté de la contemplation ; un ciel pur où rien ne passe l'alimente comme une incessante course de nuages, et il m'est arrivé, couché à plat ventre sur le sol, de contempler un caillou aussi passionnément que j'ai contemplé, un jour, de la passerelle d'un navire, l'enchanteresse baie de Palma des Baléares. C'est qu'elle est toute en nous-mêmes, la source des voluptés multiples et diverses jusqu'à l'infini que nous dispense la contemplation de la Nature. Cette source s'appelle l'amour de la solitude. Il ne contemple jamais, celui qui souffre d'être seul ; mais à celui qui peut, sans ennui,

13

s'écarter des hommes, la contemplation
donne des joies faciles et pures d'une inexprimable intensité. Quelle abondance d'impressions dans le repos ! Quelle diversité
de plaisirs dans l'immobilité ! La pensée se
fait légère, légère comme certaines vapeurs
matinales que le premier rayon de soleil
dissout et que la moindre brise emporte.
Mais la pensée se renouvelle sans cesse,
différente à chaque impression que reçoit
le cerveau, inconsciemment, de l'un ou
l'autre des cinq sens. J'ai l'illusion d'être
immortel et jeune et fort à tout jamais;
mes rêveries imprécises arrivent presque
toujours à des précisions changeantes dont
les principaux thèmes sont le Voyage et
l'Amour.

Alors m'apparaît l'image géographique
d'un pays ou la ligne onduleuse d'un corps
de femme, apparition transparente à travers laquelle mes yeux voient encore le
paysage réel qui m'a induit à la contemplation ; ils s'intéressent aux changements
que font la lumière et les vents ; ils s'émeu-

vent à l'imprévu de certains coloris ; ils se complaisent à l'immuabilité de certains détails...

Et tout cela — rêves et réalités — tout cela est exquis.

La Volupté de Lire
et de Fumer

CHAPITRE XVI

LA VOLUPTÉ DE LIRE ET DE FUMER

DANS LA TRANCHÉE

DES hommes? Allons donc! des taupes! Dieu! quelle sale et sinistre manière de faire la guerre! Et pourtant, à travers les Vosges, c'est moins creusé, moins affreux qu'en Champagne ou qu'en Artois! Par-ci par-là nous voyons encore des sapinières intactes, des prés verts, une colline naturelle où il sera magnifique de bondir à l'assaut, et au fond de la vallée une jolie rivière méandre qui, un jour, s'effilera en ruisselets et s'égrénera en cascatelles par-dessus les cadavres faisant barrage.

Mais n'importe ! le système-tranchée nous enveloppe, nous étreint et nous écrase. Sans le tabac et sans le livre — pour d'autres c'est la carte à manille et à poker — beaucoup d'entre nous seraient tués par l'ennui plus sûrement que par l'obus.

Mon « abri » souterrain s'embourgeoise d'un fauteuil Voltaire que j'ai trouvé, un soir, dépenaillé, dans le fossé du chemin. Matelassé de petits sacs de sciure de bois, capitonné de coton hydrophile — (une scierie et une ambulance ne sont pas très loin de nous) — il forme un siège d'un confortable sublime.

Souvent, tout le long des accalmies ; parfois, lorsque les canons tonnent et que les obus fracassent les arbres et boule-versent le sol au-dessus de nous ; rarement, entre deux sommeils, car on dort très bien à la guerre ; — mais presque chaque jour de ma vie de troglodyte, je me suis enfoncé, tassé dans le fauteuil, j'ai bourré une pipe et j'ai ouvert un livre.

Mes livres sont, à droite, à portée de la main, sur deux rayons creusés dans la terre et soigneusement boisés de planchettes lisses. Rabelais et Rachilde y vont de compagnie, et *les Morticoles* de Léon Daudet s'y appuient à *Candide*, *Zadig* et *l'Ingénu* ; Gustave Flaubert s'y heurte à Barbey d'Aurevilly, Villiers de l'Isle-Adam y fraternise avec Lucien Descaves, et *le Portrait de Dorian Gray* s'étaie à la belle édition reliée des *Confessions* de Rousseau annotées par Van Bever. *Un Coco de génie* — dont Louis Dumur trouverait, dans nos tranchées, cent types vivants, héroïques — soutient le tout petit recueil des pensées philosophiques de Courteline. Et je ne compte pas les « nouveautés », les livres passepartout, les sans-propriétaire, qui me sont venus hier de la tranchée de droite et qui s'en iront demain par la tranchée de gauche, livres baladeurs, qui perdent en route des feuillets, sont recousus à la ficelle, recollés à la pâte de riz et qui finissent par pourrir, un jour, dans l'innommable bouillon gras de quelque trou d'obus.

Ici, lire est un plaisir si intense et si profondément voluptueux, si absorbant et si égoïste qu'il risque d'en devenir coupable. Et si la lecture se combine avec la saveur, le parfum, l'anesthésie morale d'une bonne pipe, le plaisir est tout près de se faire criminel !

Quelquefois, pour fermer le livre, poser la pipe, me lever et aller accomplir quelque besogne inoffensive, mais nécessaire, il m'a fallu énormément plus d'énergie et de courage que pour guider une patrouille en terrain bombardé.

Parce que, lire et fumer, c'est se mettre hors de la guerre, c'est vivre dans vingt mondes divers — chaque livre est, à lui tout seul, un monde — où il y a du ciel bleu, du soleil dans l'air, des fleurs et des femmes sur la terre ; où l'on s'émeut d'autres passions que de la passion de tuer ; où l'on ne risque point à chaque pas d'avoir une jambe fauchée ou le crâne scalpé ; où l'on parle, avec ses semblables, des pures spéculations de l'esprit ; où l'on a les pieds chauds et les mains propres, une serviette blanche à tous les repas et des draps nets sur un lit bien fait ! Il m'arrive, en lisant le *Mercure de France* ou la *Revue de Paris*, qu'une « marraine » m'envoie assez régulièrement, il m'arrive de me demander si je rêve, si ces mondes ne sont pas fictifs où l'on réfléchit sur un problème philosophique, où l'on épilogue à propos d'une œuvre d'art, où des gens vont et viennent, tranquilles, curieux des choses de l'intelligence, vêtus de linge toujours frais, gantés, chaussés fin, et souriant autour d'une table sur laquelle embaument et s'épanouissent les fruits et les fleurs...

Et le livre et la revue, tapis magiques, me transportent dans ces mondes, et la fumée de ma pipe, par son insensible hypnotisme, fait de ces mondes, pour tous mes sens, une incontestable réalité...

Réalité dangereuse, immorale — parce

qu'elle est trop différente des réalités où
s'accomplit notre devoir. Du livre et de
la pipe passer brusquement au fait de service ou à l'acte guerrier, travail d'Hercule!
Nulle citation, nulle récompense, aucun
galon ne le consacre, et il est souvent plus
méritoire qu'une action d'éclat. Dans la
troupe, les soldats *excellents d'une manière*
permanente et continue sont les esprits
incultes, qui ne lisent pas, fument peu, travaillent beaucoup de leurs mains et immédiatement obéissent sans que leur intelligence soit obligée de changer de plan.

Mais aux esprits cultivés, nerveux, souvent inquiets, qui s'anémieraient à toujours absorber la même nourriture de guerre,
la périlleuse volupté de lire et de fumer est
indispensable ; c'est un poison bienfaisant,
qui calme les nerfs, apaise le cerveau,
détend les muscles. Et les nécessités du
service et les labeurs de la guerre sont là,
tous les jours, pour empêcher que ce poison soit absorbé à haute dose...

Ah ! douces heures de lecture et de rêve-

rie, dans la demi-clarté fumeuse de la
« guitoune » souterraine ! Mes livres amis,
maculés de graisse d'armes et un peu moisis
par l'humidité ; ma pipe compagne, brûlée
par les allumages trop fréquents, — si je
vous conserve, si ensemble nous repartons
vivants de cet inévitable et glorieux enfer,
quels souvenirs nous serons, les uns pour
les autres, dans mon cabinet de travail des
temps de paix !... Je lisais telle page du
deuxième volume des *Confessions*, lorsqu'un obus tomba qui, devant la porte
de l'abri, enlevée comme par un coup de
mistral, tua deux hommes et vint, à ma
gauche, fracasser le bloc de merisier qui
me servait de bougeoir. Quelle avalanche
de terre boueuse et sanglante ! Il nous
fallut deux jours pour nettoyer et remettre
en ordre... Je méditais après telle lettre
de Balzac, à l'instant où me fut commu-
niquée, secrètement, l'heure précise du
prochain assaut... Nous causions, un officier
en visite et moi, de tel paragraphe du
Satyricon traduit par Laurent Tailhade,

quand une brusque avalanche d'eau, faisant de la tranchée un torrent, lança dans nos jambes un squelettique cadavre déterré et faillit inonder la guitoune jusqu'à la voûte !... Et combien d'autres souvenirs, macabres ou joyeux, de ripailles ou de dangers, dorment entre les feuillets de mes livres et dans les fentes superficielles de ma pipe !... Mais aucun ne vaudra celui des heures calmes, des heures dont je ne sais ni la date ni le nombre, des heures où, la Guerre accablée de fatigue se reposant un peu, je lis et je fume, dans le vieux fauteuil Voltaire, jusqu'à ce que le sommeil pèse sur mes paupières... Sans transition décevante, je continue de lire et de fumer en rêve... S'il est écrit que je mourrai ici, ô Destin, c'est pendant un de ces rêves-là que tu dois m'envoyer, droit au cœur, un foudroyant éclat d'obus.

Pour servir à

la Méditation sur

la Volupté de Vivre

CHAPITRE XVII

DERNIERS SPECTACLES POUR SERVIR A LA MÉDITATION SUR LA VOLUPTÉ DE VIVRE

I

LA NUIT D'HORREUR

PARTI du Quartier Général, au courant de l'après-midi, pour porter un ordre sur la ligne de feu, j'avais obtenu l'autorisation de prendre part aux opérations nocturnes du groupe divisionnaire des brancardiers.

Le combat finit peu à peu comme mouraient les dernières lueurs du jour. Les éclatements d'obus attardés jetaient au-

14

devant de nous des fulgurations isolées
et de brèves détonations sans échos.

Nous allions en plein champ, butant
contre les mottes de terre et nous écartant
des cadavres. Ils gisaient de plus en
plus nombreux, et, l'obscurité empêchant
qu'on vît les blessures, les mutilations et
le sang, ils semblaient des soldats endormis,
que la fatigue aurait terrassés au hasard
d'une marche désordonnée.

On entendait de nouveau le canon, mais
à de longs intervalles ; et les obus, dont on
suivait la trajectoire, grâce à leur sifflement
lugubre, allaient éclater au-dessus d'un
village en flammes, très loin, au flanc d'une
montagne qui se détachait en masse noire
arrondie sur le fond blafard du ciel.

Des bruits vagues remplissaient la nuit.
Ils se précisèrent quand nous eûmes contourné un bois et que nous fûmes arrivés
au pied de la colline où avait eu lieu la
phase la plus meurtrière des combats de
l'après-midi. Et nous commencions de
frémir, arrêtés, lorsque les ordres attendus

furent donnés par le médecin-chef. Le groupe des brancardiers, déjà partagé en deux sections distinctes, se subdivisait en équipes commandées chacune par un médecin auxiliaire. Des fanaux furent allumés ; on m'en passa un. Et, suivant un vieil adjudant, je me mis à marcher. A ma droite, des brancardiers avançaient silencieux et prudents, portant à deux des brancards dépliés.

Soudain, je perçus dans l'air d'aigus vrombissements de balles. tandis qu'au sommet de la colline de petites détonations sèches claquaient.

— Bougre ! fit un homme à demi-voix. Les Boches nous tirent dessus. Ils sont encore retranchés là-haut !

— C'est à cause de nos lanternes ! dit l'adjudant.

Il éteignit la sienne. Je gardai la mienne allumée et je la cachai sous un pan de mon large manteau.

Mais les lueurs des fanaux n'avaient pas été vues que des Allemands. D'autres hommes aussi en avaient discerné les flammes et les rayons. Et alors les bruits d'abord confus, puis presque distincts de tout à l'heure, devinrent quelque chose de pitoyable, d'épouvantable et de poignant, qui ne saurait avoir de nom que dans une langue de tortionnaires...

Imaginez une nuit lourde d'orage, des nuages d'encre roulant l'un sur l'autre dans le ciel, le vent grondant en rafales à travers les sapinières, une lune livide qui tantôt se montrait à nu, tantôt se voilait de nuées transparentes, tantôt se cachait complètement, laissant la terre enveloppée de ténèbres. Dans une boue d'eau et de sang, des soldats étaient étendus sur le ventre ou sur le dos, assis et tout le buste en avant, couchés sur le flanc et recroquevillés, agenouillés et grattant la terre. Et du bas au sommet de la colline, retentissements dans les accalmies, rumeurs dans les rafales du vent, c'étaient des cris, des hoquets, des râles, des sanglots brusques, des pleurs désespérés, des gémissements d'enfants per-

dus, des appels rauques : « Infirmiers, à
moi ! A moi !... Au secours !... Ici !... » Et
cela remplissait la nuit d'une énorme lamentation de géhenne.

Le cœur battant, des frissons dans le dos,
les dents serrées et les yeux cuisants, nous
allions courbés, marchant sur les genoux,
sur les mains. Nous tâtions les corps et
nous frémissions. Et nous demandions
d'une voix qui grelottait : « Tu es blessé ?...
où ?... au bras ?... à la jambe ?... à la poitrine ?... »

Souvent le froid mortel d'un front, d'une
joue, la rigidité d'un membre nous faisait
tressaillir. Et nous sentions que nos mains
étaient gluantes de sang. Nous aurions
voulu répondre bien haut, crier à tous les
malheureux qui gémissaient, appelaient,
se désespéraient : « Nous voilà ! Nous arri-
vons ! » Mais il fallait se taire, avancer en
silence, mettre lentement les blessés sur
les brancards, dominer la pitié, l'horreur
nerveuse, et ne point penser aux balles qui,
comme le vent dans les arbres, sifflaient

en rafales brusques, envoyées par les ennemis à l'affût là-haut dans leurs tranchées.
Il fallait agir virilement et ne pas succom-
ber à l'envie de nous asseoir pour détendre
nos nerfs dont la tension nous remplissait
le corps de lancinements douloureux et la
tête de bourdonnements de folie...

Un moment, je m'arrêtai, appuyé contre
le tronc d'un arbre, essuyant avec ma
manche mon front en sueur.

Sous le manteau, ma main droite cachait
le fanal qui me servait, à l'abri du pan
d'étoffe, à regarder au visage les blessés,
que les brancardiers enlevaient et empor-
taient. Comme je me remettais en marche,
une voix chevrotante de petit garçon terri-
fié gémit à mes pieds: « Maman !... Je suis
là ! » Je m'agenouillai. Mon fanal éclaira
un visage douloureux, émacié, imberbe,
où deux grands yeux noirs étincelaient,
enfiévrés et suppliants. Je pensai : « Un
engagé volontaire ! » Avait-il dix-huit ans,
ce gosse-là ?... Il saisit ma main, que je
portais vers sa poitrine à demi nue et noire

de sang ; ses doigts glacés s'incrustèrent
dans ma chair ; il se souleva, cria « Lou-
lou ! » et il retomba, les yeux écarquillés et
fixes... J'étouffai un sanglot nerveux et je
me dressai. Des balles sifflèrent.

L'une d'elles sans doute traversa mon
fanal, car il y eut un bris de verre, et la
flamme s'éteignit. Je me pliai et me mis à
courir vers des ombres qui se mouvaient ;
c'étaient les brancardiers au travail ; le
médecin-chef lui-même les dirigeait. Je me
joignis à eux.

Ah ! l'horreur, l'épouvante animale, la
douleur, l'inexprimable pitié de cette nuit !...
Pendant des heures, nous nous traînâmes
ainsi sur le flanc de la colline, dans les
ténèbres, les cris, les appels, les sanglots,
les agonies et la mort. Quand, après ces
heures d'enfer, je me suis retrouvé à la
lumière du poste de voitures des brancardiers, mes bras, dont j'avais inconsciemment retroussé les manches, mes bras
jusqu'aux coudes étaient noirs et rouges
de sang.

II

L'AURORE

Il était trois heures du matin lorsque, sommairement pansés, les blessés furent embarqués dans les automobiles, les uns couchés sur des brancards et dans les fourgons, les autres assis sur les sièges, les coussins et les strapontins des omnibus et des cars.

Pendant l'embarquement, on n'entendit pas une plainte. Ceux qui souffraient à hurler serraient les dents et ne criaient pas. Leurs yeux enfiévrés, qui luisaient au passage du rayon lumineux de quelque lanterne, exprimaient une farouche, une héroïque volonté de silence. Et l'une après l'autre, les automobiles remplies de chair saignante se mirent à rouler dans la nuit.

Le canon ne retentissait plus. Français

ou Allemands, les artilleurs dormaient après la longue journée bien remplie. Le vent s'était calmé. Les nuages noirs moins épais volaient moins vite dans le ciel ; et la lune purifiée répandait sur la terre une clarté bleuâtre. Les peupliers barraient de grandes ombres grêles l'étroite route blanche. L'air était humide et froid.

Nous traversâmes sans arrêt un village endormi. Et après quelques minutes, pendant lesquelles le chauffeur et moi, taciturnes, ne prononçâmes pas un seul mot, nous parvînmes au but. Mon fourgon était le dernier du convoi. Il dut stopper à cent mètres de l'ambulance, devant une maison dont deux fenêtres étaient éclairées. Je sautai sur le sol. Je fus heurté par un soldat qui accourait. Aussitôt arrivé sous les fenêtres, il se mit à hurler : « Ohé ! sergent ! ohé ! sergent !... voilà des blessés ! » Quelques secondes — et l'une des fenêtres s'ouvrit. Une forme parut, se pencha, cria : « Je descends ! » et disparut. J'entendis une dégringolade de godillots lourds sur les

marches d'un escalier en bois. Une porte
s'ouvrit et un homme se dressa, muni d'une
lanterne dont les rayons dansaient sur le
mur. Il se mit à courir à la suite du soldat
qui l'avait appelé. Je me lançai derrière
eux et j'entrai dans le bâtiment où était
installée l'ambulance.

Un fanal suspendu éclairait vaguement
le corridor et le va-et-vient des infirmiers
transportant à bras ou sur des brancards
les blessés des premières voitures. Le médecin-chef et ses cinq majors s'activaient,
activaient leurs hommes, désignaient la
place de chaque blessé ; deux sergents,
lanterne en main, éclairaient et dirigeaient
le débarquement. Partout, c'était une hâte
silencieuse, des gestes à la fois rapides et
prudents, des mouvements vifs et pourtant
disciplinés. Parfois, un blessé gémissait
dans les bras des porteurs ; puis, étendu sur
la paille fraîche, il fermait les yeux et se
taisait, accablé. L'odeur âcre et forte du
sang se mêlait au parfum de la paille,
aux exhalaisons des étoffes boueuses, aux

relents des pansements. Un tout petit alpin, la poitrine trouée, criait d'une voix lamentable : « A boire ! à boire ! » On le calma bientôt en humectant de thé froid ses lèvres sèches. Les lueurs des fanaux couraient et sautaient sur les murs blancs; elles se posaient sur des faces livides de martyrs extasiés, sur des masques terreux de moribonds dans le coma, sur des visages empourprés de fiévreux presque hilares.

Il était quatre heures du matin lorsque, les automobiles reparties, le village retomba dans le silence. De toutes les maisons, celle de l'ambulance restait seule éclairée; les autres ne s'éveillaient pas encore. Le seul bruit qu'on entendît au dehors était le ruissellement continu d'une fontaine se déversant dans un abreuvoir. Les salles de l'ambulance n'étaient éclairées chacune que par une lanterne suspendue au plafond ou posée sur le rebord d'une fenêtre ; pour en atténuer la lumière, on les avait entourées de numéros du *Bulletin des Armées de la République*. Les blessés s'alignaient côte

à côte, tête au mur, sur le pourtour des
salles. On entendait des bruissements de
paille, des soupirs, des gémissements, parfois
un petit cri plaintif. Quelques blessés
endormis ronflaient très fort. Et les majors,
éclairés de près par un infirmier portant
un fanal, allaient de l'un à l'autre, s'age-
nouillaient, parlaient à voix basse, re-
muaient des vêtements et des membres
avec précaution. L'odeur du sang s'accu-
sait, de plus en plus intense ; elle me pre-
nait à la gorge et me pénétrait d'une singulière angoisse. Un grand cri retentit soudain. Il venait d'une petite salle où j'avais
remarqué une sommaire installation pour
opérations urgentes. Ce cri de douleur me
traversa comme d'une pointe d'acier.
L'odeur du sang devenait écœurante. Je
suffoquais. Je sortis. Je marchai devant moi,
au hasard, dans la nuit froide. Et quand je
pensai à regarder autour de moi, je m'aper-
çus que j'étais hors du village.

J'avais suivi sans y prendre garde un
chemin montant. Je dominais le vallon au

fond duquel un hameau se cachait dans les arbres. Avec l'aube, un léger brouillard se levait de terre. Bientôt, il emplit la vallée. Mais au delà, sur la droite, le long des arêtes montagneuses noires de sapins, le ciel se teintait de mauve. Toute l'immense coupole du ciel, au-dessus du cirque de hauteurs qui m'entourait, était nette, comme polie, peu à peu envahie par la clarté violacée du levant. Je m'assis sur le rebord du chemin en corniche, et je me laissai saturer avec volupté par l'air délicieux du matin. Il me semblait que je naissais à une vie nouvelle, plus jeune et savoureuse à mesure que le ciel devenait plus clair et que la nature réveillée se faisait autour de moi plus vivante. Cette nuit d'horreur, de souffrance, de sang et de mort reculait dans le temps, comme les ombres, derrière moi, reculaient dans l'espace. Ma poitrine se dilatait. Et tout à coup, je poussai un cri : le soleil ! Il surgissait, globe d'or étincelant, dans l'échancrure d'un col bordé de sapins ; tout de suite, le ciel fut pourpre, puis très vite d'un blanc d'argent et d'un bleu délicat. Le soleil lançait des rayons de feu dans l'atmosphère. Le brouillard se dissipa, les toits rouges du hameau furent visibles entre les arbres. A ma gauche, dans un buisson, un oiseau chanta, et de tous côtés d'autres oiseaux lui répondirent, en sonorités éperdues... Qu'il faisait bon, qu'il faisait bon vivre !...

Et je m'extasiais, les yeux grands ouverts, les narines et les lèvres avides, les deux mains à plat sur ma poitrine gonflée, — lorsqu'une fumée blanche parut au-dessus d'un bois noir, et une détonation retentit, répercutée par vingt échos. Soudainement, les oiseaux se turent, comme s'ils venaient d'être abattus. Et aussitôt, de toute la crête des monts, d'autres fumées surgirent, s'épanouirent, tandis que d'autres coups de canon retentissaient. Dans la vie nouvelle du jour renaissant, les hommes reprenaient l'œuvre de mort !... Je restai là, longtemps, sans pensée, les oreilles ouvertes aux déto-

nations et les yeux captivés par l'éparpille-
ment des flocons de fumée aux vents du
matin. Je ne voyais plus le ciel bleu, le
soleil magnifique, les monts pittoresques,
le vallon riant ; je ne souffrais plus du
silence des oiseaux ; je ne goûtais plus la
volupté de la nature à son réveil : je ne
voyais, je n'entendais et ne goûtais que la
guerre, son vacarme, ses spectacles et ses
odeurs.

III

LA RÉSURRECTION

A DIX heures du matin, une vingtaine de blessés sortirent lentement de l'ambulance et se rangèrent sur la route, dans la lumière joyeuse et la bonne tiédeur du soleil. Ils avaient un bras en écharpe, une épaule bossue ou le front bandé. C'étaient les blessés de la catégorie : « capables de marcher ». Les infirmiers avaient brossé leurs capotes et leurs pantalons, de telle sorte que leur troupe, très martiale, ne présentait pas un aspect de misère et de saleté. L'un d'entre eux reçut du médecin-chef le commandement de ses camarades : c'était un sergent de chasseurs alpins ; il avait été à demi scalpé par un éclat d'obus, mais il restait solide sur ses jambes et continuellement souriant. Il fit l'appel de

ses hommes qui répondirent avec gaieté ;
après une bataille, le mot « présent » a
une valeur énorme et une signification de
joie. Et tous, appuyés sur des bâtons que
les gamins du village étaient allés couper
dans le bois voisin, tous se mirent en marche,
d'un pas lent, dans la direction de Fraize.
Des femmes chargèrent le plus solide
d'entre eux d'un panier de belles pommes
qu'il devait distribuer à ses camarades tout
le long du chemin.

Quelques minutes après le départ de ce
premier convoi « automoteur », comme nous
disions, le médecin-chef reçut de Laveline
d'abord, puis de Fraize, la nomenclature
des voitures qui arriveraient dans la journée à l'ambulance de la Croix-aux-Mines
pour servir à l'évacuation des blessés
« transportables » sur la gare et l'hôpital
d'évacuation de Fraize. Le total des places
indiquées était inférieur au nombre des
blessés évacuables. Il fallut donc procéder
rapidement, dans le village et dans les
fermes d'alentour, à la réquisition des

véhicules nécessaires pour que tous les
blessés transportables quittassent l'ambulance avant le soir. Le canon, qui ne cessait
de retentir, et les pétarades distinctes des
mitrailleuses et des fusils faisaient prévoir
pour la nuit un nouvel « arrivage ». Il
fallait donc que les locaux de l'ambulance
fussent à peu près vides, afin que les blessés
pussent trouver, à proximité du champ de
bataille, un lieu où se faire panser soigneusement, et se reposer quelques heures, ou
bien un abri où mourir avec tranquillité.

Je m'employai à la réquisition des
véhicules. Deux chars à foin et une sorte
de calèche ancienne : ce fut tout ce que
je pus découvrir. Aucun cheval. Mais la
Croix-aux-Mines ne courait plus aucun
risque d'être attaqué par l'ennemi, et, en
conséquence, l'ambulance n'avait pas à re-
douter l'obligation de quitter en toute hâte le
cantonnement ; le médecin-chef décida donc
que le détachement du train des équipages,
affecté aux voitures de la formation sanitaire, fournirait les attelages indispensables.

Dès que les chars et la calèche, bien garnis de paille, furent prêts, le médecin-chef
donna l'ordre d'y installer les blessés,
dont il me remit la liste. Je devais me
rendre à Fraize avec le lent convoi des
trois véhicules réquisitionnés.

Quelques femmes, deux ou trois vieillards et les enfants du village s'étaient
rangés sur la route. Et à chaque blessé
que l'on apportait sur un brancard ou à
bras d'hommes et que l'on déposait avec
précaution sur la paille, c'étaient des
lamentations à voix basse, des mines
apitoyées et souvent des gestes maternels
de femmes pour aider les infirmiers à dis-
poser une couverture, ou un appui-bras
fait d'un bout de planche, ou un oreiller
en torchis. Heureusement, il faisait beau.
Et le soleil et la tiédeur de l'air, tout en
favorisant le lent et rudimentaire moyen
de transport sanitaire qu'est une charrette
à foin découverte, amenaient des ⸱sourires
d'aise sur les lèvres et dans les yeux des
blessés.

On mit quatre « couchés » dans chaque charrette et six « assis » dans la calèche. Et je donnai l'ordre du départ. Menés par des tringlots, les chevaux se mirent en marche et avancèrent d'un pas tranquille. Tout de suite, après un petit pont sur un ruisseau, la route montante décrit un tournant — et la Croix-aux-Mines disparut.

Il nous fallut trois heures pour faire les neuf kilomètres qui séparent la Croix-aux-Mines de Fraize. Les blessés furent admirables. Les cahots ne leur arrachaient pas un gémissement. A peine si quelque lancinement douloureux provoquait une contraction de leur face volontairement impassible. Lorsque la route était bonne, ils puisaient dans leur héroïsme naturel la force de sourire. En somme, ils étaient « en marche », en une sorte de « service commandé », et ils se dominaient beaucoup plus que dans le repos de l'ambulance. Pour les distraire, je signalais à ceux qui étaient dans ma charrette les variations pitto-

resques du paysage, et ils me parlaient
de leur province avec un accent de nostal-
gie. Le canon retentissait toujours à nos
oreilles, mais nous l'entendions sans qu'il
prît notre pensée. La douce lumière du
soleil, le mystère ombré des sapinières, le
silence et la fraîcheur des champs : tout
nous réjouissait. Chaque tour de roue faisait
plus intense la résurrection morale et
physique des blessés, lesquels, lorsqu'ils
sortent du feu, sont toujours un peu hébé-
tés, même si leurs blessures sont légères.
Ce voyage pénible, qui aurait dû, me
semblait-il, les épuiser, les ragaillardissait
de minute en minute. Quand les trois véhicules s'arrêtèrent devant l'hôpital d'évacuation de Fraize, plusieurs blessés descen-
dirent sans aucune aide. Et ceux qui
étaient étendus sur des brancards donnaient
eux-mêmes aux infirmiers les indications
nécessaires pour qu'on les transportât sans
faux mouvement et sans heurt.

A la gare de Fraize, le lendemain matin,
deux wagons « sanitaires » nous attendaient,

accrochés à un convoi de ravitaillement
qui retournait à Épinal. L'un, pour les
blessés « assis », était un wagon de voyageurs de troisième classe à couloir ; l'autre,
pour les « couchés », un wagon de marchandises muni d'appareils à suspension
pour douze brancards. Les évacués assis
étant au nombre de vingt-huit, cela portait à quarante l'effectif de blessés que
j'accompagnais. Un seul infirmier devait
nous escorter jusqu'à Épinal. Là, il serait
relevé, assurait-on, par un ou deux autres,
et il retournerait à Fraize.

L'installation des « couchés » fut faite
pendant le temps que mirent les « assis »
à monter dans leur wagon. Je pris place
dans le wagon de marchandises. Ma cantine me servirait de siège. Nous devions
arriver le soir même à Besançon, car nous
ne perdrions pas de temps en gare d'Épinal
où nous serions accrochés sans délai à un
train de matériel descendant vers Lyon.
Je n'avais donc pas à me préoccuper d'une
couche pour la nuit prochaine. D'ailleurs,

s'il eût fallu, j'aurais dormi assis sur ma cantine et le dos appuyé contre la paroi du wagon : ce n'aurait pas été ma première nuit de sommeil sans confort.

Pour les blessés et pour moi, cette journée de voyage fut fertile en sensations nouvelles et des plus vives. A une vitesse surprenante pour qui se rappelait la lourde lenteur des convois aux premiers temps de la guerre, nous nous éloignions des contrées de destruction, de ravage et de mort, pour pénétrer de plus en plus dans des contrées de calme, de paix et de vie, dans des régions intactes, dans des paysages heureux.

Quel étonnement de ne plus entendre le canon ! de voir les maisons debout et habitées, les arbres entiers, les terres sans tranchées et sans trous d'obus, des hommes et des femmes se livrant aux travaux champêtres !

Je ne me lassais pas de regarder, extasié, le cœur battant d'une joie que je n'avais jamais connue : la joie d'un ressuscité !

Et les blessés se soulevaient sur les coudes,
se penchaient vers les portes largement
ouvertes et s'émerveillaient à la fuite rapide
toute proche, au lent déroulement lointain
d'une campagne évocatrice des temps pacifiques. Au sortir de la tragique réalité,
cela nous semblait un rêve exquis. Et nous
n'en croyions pas nos yeux. Et nous étions
obligés, pour bien nous convaincre, de
rechercher sur une carte les noms des gares
où nous passions : il nous était nécessaire
de constater que ces noms existaient réelle-
ment, que notre imagination enfiévrée ne
les inventait pas. Seules les grandes gares,
Épinal et Vesoul en particulier, nous
offrirent des images de guerre, avec les
soldats encombrant leurs trottoirs, avec
les dames de la Croix-Rouge affairées et
compatissantes. Mais ces images passagères
ne servirent qu'à nous faire éprouver avec
plus d'intensité la douceur des champs
paisibles des deux côtés du train roulant
à travers la vaste campagne.

A Épinal, l'infirmier nous avait quittés.

Nul autre ne le remplaça. Les blessés ne parurent pas s'apercevoir de cet oubli. Ceux du wagon de voyageurs s'entr'-aidaient. Ceux du wagon de marchandises, les « couchés », s'adressaient tout simplement à moi. Qui aurait pu s'en étonner ? N'étions-nous pas tous des frères revenant ensemble des portes du tombeau, eux mutilés, moi intact ?... Mes galons ? qu'étaient-ils à côté de leurs bandages rouges de sang ?

La disparition du soleil fut toute en nuances délicates et mélancoliques. Les soldats y retrouvèrent des âmes de petits enfants. Enfants héroïques ! Pas une plainte, depuis Fraize, n'avait jailli de leurs lèvres. Mais souffraient-ils de leurs blessures ? Je ne le crois pas. Ils avaient l'ineffable sensation de ressusciter, dans le bonheur, d'une mort accompagnée de vacarmes, d'épouvantements et de folies sanglantes. Ils s'endormirent, balancés, souriants, inconscients de la fièvre qui rougissait leurs visages. Contemplant le ciel cré-

pusculaire, j'oubliai d'allumer le fanal, et je
m'assoupis, un peu après Vesoul, la main
dans la main d'un blessé qui avait des
regards et des alanguissements de jeune
fille...

A l'arrivée du train en gare de Besançon,
il pleuvait à torrents. A mon grand étonnement, notre convoi ne s'arrêta pas sous
la marquise ; il alla s'immobiliser à cinq
cents mètres des trottoirs. Le train fut
coupé. On laissa sur une voie de garage,
dans la nuit, en plein ouragan, toute une
rame de wagons, parmi lesquels étaient les
nôtres.

Les blessés et moi, nous étions quelque
peu ahuris. Je leur dis de rester là,
d'attendre mon retour. Je sautai sur le
ballast, et, flagellé par la pluie, je courus
jusqu'à la gare. Après avoir été renvoyé
pendant dix minutes de bureau en bureau,
je trouvai enfin un médecin-major à qui
j'expliquai le cas. Il s'ébahit. On ne lui
avait pas signalé que deux wagons de

blessés dussent arriver accrochés à un train de matériel.

— Et quelques blessés ne peuvent pas marcher, lui dis-je. Il faut des brancards.

Il leva les bras, jura, courut au téléphone et demanda trois voitures d'ambulance. Pendant qu'il se mettait à la recherche d'un sous-chef de gare pour obtenir qu'on amenât le wagon au quai où pourraient accéder les voitures, j'allai solliciter les dames de la Croix-Rouge. Elles somnolaient sur des chaises, dans le coin du magasin aux bagages qui leur avait été octroyé. Elles s'exclamèrent. Des blessés, alors qu'aucun train sanitaire n'était annoncé !... Elles eurent vite fait de chauffer du bouillon, du lait, du thé sucré. Et deux d'entre elles, risquant leurs voiles blancs sous la pluie battante et leurs souliers fins dans la boue, me suivirent jusqu'aux wagons.

Elles y furent accueillies par de bons sourires : un blessé français a toutes les patiences. Ceux-ci attendaient depuis une demi-heure, sans une plainte, dans le noir et le froid. Dans le magasin aux bagages, j'avais « chipé » un fanal, qui fut bien utile pour éclairer la dînette de bouillon, de lait et de thé que firent les blessés ; installées au milieu d'eux, les dames les servaient, et l'une, toute blonde et blanche et rose, les regardait avec des yeux extasiés.

Soudain, nous entendîmes de grands cris et des cliquetis de chaînes. Je me penchai au dehors, et je vis que l'on attelait un cheval à notre wagon. Il nous tira...

Dix minutes après, les blessés étaient assis ou couchés dans trois automobiles à croix rouge, conduites par des tringlots. Je m'arrangeai tant bien que mal près du chauffeur de la première voiture. Et en avant dans la nuit que trouent les faisceaux lumineux des deux lanternes ! La pluie et le vent cinglent. Je grelotte. Mais qu'importe ? Le lit tant souhaité n'est plus bien loin, maintenant !

En effet, un quart d'heure plus tard, je heurtai à coups de botte la porte d'un long bâtiment à face de caserne. C'était, m'avait

annoncé le chauffeur, une école publique
aménagée en hôpital temporaire, avec un
confortable des plus relatifs. L'ordre était
— qui avait donné cet ordre? mystère ! —
de nous déposer là et non ailleurs. Des infirmiers dormant debout me reçurent, gro-
gnons. Je les réveillai. Et ils commençaient
à prendre conscience des réalités présentes,
lorsqu'un sergent apparut au seuil d'une
porte brusquement ouverte et me dit,
hargneux :

— Qu'est-ce que vous voulez?

Ma capote ruisselante et boueuse ne
portait aucun insigne ni galon ; mon casque
n'avait pas de grade. Je dis, sec :

— Je suis officier. J'ai là des blessés.
Donnez-nous des lits.

Il hésitait, endormi encore, et visible-
ment de mauvaise volonté. J'étais furieux.
Je l'aurais étranglé. Je le regardai bien en
face et répétai froidement :

— Il nous faut des lits, des lits, des lits,
comprenez-vous?...

Sans attendre, je commandai aux infir-

miers de décharger les blessés couchés et
d'aider les autres à entrer dans l'hôpital.

Je fus enfin obéi.

Deux draps, de la chaleur et l'anéantisse-
ment du sommeil, voilà ce que nous vou-
lions. Nous l'avons trouvé dans une salle
de classe rectangulaire, où les tableaux
noirs montrent, à la lumière jaune du gaz,
des dessins géométriques et des opérations
compliquées. Quarante-huit lits sont rangés
là, sur deux lignes, têtes aux longs murs
parallèles. J'ai vivement aidé les infirmiers
à déshabiller, à coucher, à border les blessés.

Maintenant, couché moi-même, deux polo-
chons me servant d'appui-dos, je fume
avec lenteur : cette pipe est plus savoureuse
que toutes les savoureuses pipes dont j'ai
gardé le souvenir. Le gaz en veilleuse
éclaire à peine. Les blessés soupirent ou
ronflent ; l'un d'eux gémit de temps en
temps ; il remue, et le sommier de son lit
grince. Au dehors, la pluie crépite et ruis-
selle sur les trois grandes baies vitrées,
qui parfois s'illuminent d'éclairs brefs.

Le tonnerre éclate et gronde, le vent siffle
et mugit...

Ah ! qu'il fait bon dans ce lit de soldat !
Il me rappelle mes vingt ans. Pendant la
guerre, on ne spécule pas beaucoup sur
l'avenir : l'on sent si bien que l'avenir ne
nous appartient pas. Mais on **pense** souvent
au passé...

Et l'on est heureux, si heureux de
vivre !...

Les Jouissances
que donne la Nature

CHAPITRE XVIII

LES JOUISSANCES QUE DONNE LA NATURE

EN ATTENDANT LA PAIX

Dans les mystérieuses et formidables élaborations du Destin, je ne suis qu'un infime atome de cette poussière d'êtres vivants qu'il assemble en nuages ennemis.

Unité parmi des millions d'êtres humains, j'obéis à toute une hiérarchie de chefs, qui obéissent eux-mêmes à un seul chef, classé par ses actes dans la catégorie des meneurs d'hommes. Le Destin distingue-t-il les unités agglomérées? s'intéresse-t-il à chaque atome? Ou bien le soin de régler le sort individuel des multiples de mon espèce le laisse-t-il sans contrôle à la hiérarchie des chefs ?

Je crains d'être ridiculement orgueilleux si j'attribue mon état présent à la bienveillance particulière du Destin. Pour ce dieu inconnaissable, de quelle valeur est ma vie, quand des milliers de vies semblables sont supprimées à chaque heure qui passe, quand se joue l'existence même de plusieurs nations? Plutôt et sans que le Destin s'en mêle, un des chefs de la hiérarchie a jugé que telle situation devait être occupée par un homme ayant telles qualités, un autre chef a estimé que j'étais l'homme de ces qualités-là, et me voici...

Me voici dans une ville pacifique après tant de mois passés dans la zone de guerre ; dans le Midi ensoleillé, après avoir souffert des ciels bas et des brumes du Nord-Est; dans la sécurité absolue, après le risque quotidien d'être capturé, blessé, tué.

Et comme si cela ne suffisait pas encore pour exalter en moi cette volupté de vivre que m'ont révélée naguère les spectacles de mort, le service militaire dont je suis chargé me laisse assez d'indépendance pour que je puisse, chaque jour, à l'heure où le soleil couchant effleure la montagne derrière laquelle bientôt il disparaîtra, sortir de la ville et me retirer dans la maison de campagne qu'une amitié attentive m'a choisie.

Là, dévêtu de l'uniforme à insignes et galons, je puis isoler mon esprit des préoccupations des temps de guerre et, vêtu en propriétaire campagnard, j'ai les sensations, les impressions et les pensées propres à une villégiature champêtre du temps de paix.

L'homme qui travaille beaucoup et qui a de l'ambition est astreint, par la centralisation intensive de notre époque, à vivre en permanence à Paris. S'il s'accorde des vacances, elles sont courtes et ressemblent à des évasions. Qu'il s'arrête en Auvergne ou dans les Pyrénées, à Deauville ou sur la Riviera, qu'il coure à Venise, à Naples ou à Séville, il emporte avec le smoking et les escarpins le souci de sa situation mondaine, de ses ambitions, de ses relations, de ses travaux et de son avenir. Il vit dans le siècle dont il se détache corporellement pour quelques jours, il ne vit pas dans la Nature.

En m'ôtant — pour combien de mois encore ? — la préoccupation de tout ce qui, depuis l'âge de vingt ans, m'avait empêché de goûter dans la plénitude les charmes innombrables et variés d'une saison, l'état de guerre où s'obstine le monde me ramène à l'adolescence. Vous souvient-il des joies que vous éprouviez alors à guetter le lever du soleil et à suivre les progrès du jour naissant dans le ciel et sur la terre? Vous souvient-il que vous distinguiez avec sensualité les parfums des herbes, des buissons et des arbres? que vous suspendiez vos pas pour écouter le chant d'un oiseau caché dans le feuillage? que le bruit du vent dans les pins vous faisait rêver à des voyages sur mer ? que vous soupiriez de désirs voluptueux, par les après-midi de chaud soleil, à plat ventre dans l'herbe haute? que votre âme s'alanguissait aux transformations de la lumière irradiée du soleil couchant? et que le soir enfin, avant de vous endormir, accoudé au balcon de votre chambre, vous respiriez avec délices l'odeur humide et pénétrante de la nuit?

Tout cela, que j'avais perdu sans l'oublier jamais, je l'ai retrouvé parce qu'un labyrinthe de circonstances dues à l'état de guerre m'a conduit dans une maison de campagne plantée, avec son parc, au sommet d'un coteau arrondi, entre la montagne et la mer.

A l'extrémité orientale du parc, quatre énormes pins maritimes s'élèvent aux angles d'un carré de sol surélevé où l'on accède par trois marches de pierre verdie. C'est là que je suis venu le premier matin, c'est là que je reviens tous les autres matins de ce printemps. Debout et tourné vers le sud, je discerne au loin, par delà les vallonnements où s'arrondissent des pins et pointent des

cyprès, la Méditerranée toute pâle sous les
rayons obliques du soleil. Assis sur une des
marches de pierre et tourné vers le nord, ·
j'ai devant moi le parc où s'enfonce une
allée de lumière et d'ombre. Des roses
exhalent leurs parfums, des oiseaux chantent,
des gouttes de rosée scintillent sur les hauts
brins d'herbe de la pelouse, l'air est doux
et frais, la terre sent bon la mousse et le
terreau, et je perçois nettement que tout
mon être revit une nouvelle jeunesse : ma
poitrine se gonfle et se dilate, mes yeux
s'ouvrent plus grands et je souris à la
journée qui commence.

La douceur apaisante des matins bru-
meux... Pas un souffle d'air. Les feuilles des
arbres et les hautes tiges des bambous sont
immobiles. Il fait humide et tiède. L'odeur
des herbes est plus pénétrante ; les roses
s'alourdissent, les reines-marguerites abais-
sent verticalement leurs pétales autour du
large pistil jaune, et les coquelicots sont
d'un vermillon plus grave. Les bruits se pro-

longent et s'amollissent dans l'air ouaté :
roulades et pépiements d'oiseaux qui se
répondent d'arbre en arbre ; aboiements
sourds d'un chien, dans une ferme dont le
toit rouge, au bas du coteau, tranche sur
le vert cru des vignes ; un train, qui passe
je ne sais où, fait pendant plusieurs minutes
un grondement continu et qui s'amenuise.
Les lointains s'estompent : est-ce la montagne ou la mer, là-bas ? les nuages-gris-bleu
déforment l'horizon. Mais au zénith un
losange s'ouvre sur l'infini du ciel bleu pâle,
bleu tendre, bleu de rêve : « Il pleuvra », dit
quelqu'un que je ne vois pas, quelqu'un
derrière les oliviers. Et tout mon être,
alangui d'une insinuante mollesse, s'enfonce dans la volupté de vivre, comme en
un bain d'eaux onctueuses et de parfums
subtils.

Je marchais dans un chemin creux entre
deux vignes lorsque soudain le chemin s'est
élevé, dominant un large ravin et tout un
amphithéâtre de vallonnements, de col-

lines, de mamelons. Dans les fonds se cachaient des fermes environnées de vergers ; sur les hauteurs, des maisons de campagne laissaient entrevoir leurs toits rouges au milieu des jardins et des parcs plantés de chênes verts, de pins, de cèdres et de tilleuls. Dans un sentier sinueux, un cheval blanc tondait le talus. Et je percevais de temps en temps le chant d'un coq, assourdi par la distance. A l'horizon, une montagne violette se couronnait de nuages aux formes changeantes...

Et je suis resté là, longtemps, à contempler ce paysage vivant et à écouter, entre les lointains appels du coq, les bruits de la nature : chants d'oiseaux dans les buissons, frétillements d'ailes, bruissements de la brise dans le feuillage d'un arbre tout proche, rumeurs confuses qu'apporte une rafale de vent, cri-cri incessant d'un grillon.

Enchantement d'un paysage où rien ne manque de tout ce qui fait la beauté des lignes, des proportions et des couleurs, que le soleil éclaire d'une lumière joyeuse et qu'animent mille bruits d'une immense harmonie...

Le vent dans les pins... Il évoque les grands voyages, les hautes cimes ; le ciel plus bleu entre les branches est un ciel d'Orient. Et l'Orient, c'est le vagabondage des rêves ! Et de ne pouvoir les réaliser tout de suite, on se console par le charme du souvenir d'autres rêves réalisés. Pins des jardins somptueux et parfumés de la Riviera ! Pins arrondis en parasols, à l'ombre desquels se balancent en des rockings-chairs des femmes à robes blanches ! Terrasses fleuries de rosiers multicolores, d'œillets écarlates, plantées d'immenses eucalyptus et d'orangers aux boules d'or ! Au bas de ces terrasses, dont les étages se comptent aux acrotères garnis de plantes retombantes, la mer murmure, plus bleue à mesure qu'elle s'éloigne, jusqu'à se confondre, en un point imprécis, avec l'azur du ciel. L'air est alourdi de parfums indistincts. Les yeux des femmes s'alanguissent, et leurs lèvres s'entr'ouvrent pour des sourires troublants...

Catalogne, Provence, Italie, le vent dans les pins vous ramène à ma pensée, avec vos rivages escarpés et hospitaliers, vos rochers rouges, vos citronniers fleuris, vos oliviers qui poudroient d'argent sous le soleil vif les vallons endormis, vos figuiers qui embaument, et vos muscats blonds sous les treilles, et vos vins, vos filles, vos chansons...

Le vent dans les pins, sur le penchant d'une colline arrondie, entre la montagne et la mer, on passe des heures à l'écouter susurrer, chanter, fredonner et gémir. Et la pensée vagabonde, et la vie s'écoule, et l'on sourit des yeux et des lèvres, l'esprit perdu, aux tons délicats du ciel bleu-rose entre les ramilles et sous les basses branches des pins. Sans pensée, regarder une bande gris-argent de mer lointaine scintiller sous le soleil qui monte, regarder les nuages légers du matin courir dans le ciel bleu, regarder un oiseau volant d'un arbuste à l'autre, des abeilles butiner les lis blancs, des gouttes de rosée étinceler comme des diamants suspendus aux feuilles et aux jeunes fleurs d'un massif de lauriers-roses ; regarder les caprices de la lumière sur le sable jaune d'une allée entre des marronniers, la pointe d'un cyprès surgissant au-dessus des vignes...

En même temps, écouter le parc et la campagne : le parc avec les pépiements, les roulades, les sifflements, les trilles sonores, les appels pointus de ses oiseaux, les crissements et les bourdonnements de ses insectes ; la campagne avec le cri-cri soutenu de ses grillons, le chant assourdi d'un travailleur invisible, les grondements de charrois atténués par la distance, — tous les bruits ayant pour base continue les sonorités profondes de la brise dans les pins, la brise qui promène des senteurs de résine fraîche, d'herbes coupées, de fleurs écloses au jour levant.

Assis dans l'herbe et le dos appuyé contre un arbre, regarder, écouter, sentir, en laissant flotter sa pensée...

A l'ombre tiède d'un grand chêne vert, je me suis étendu dans l'herbe à plat ventre, et tout de suite j'ai été captivé par le spectacle des centaines de plantes, d'herbes et de fleurs diverses qui font d'un mètre carré de sol un luxuriant jardin botanique en miniature.

Par ses couleurs, sa structure, les jolis organismes de son être délicat, la moindre de ces fleurettes est un enchantement pour les yeux et un sujet d'admiration pour l'esprit. Un monde d'insectes, de bestioles, d'animalcules peu à peu se révèle à côté du va-et-vient interminable des fourmis. Et à contempler toute cette minuscule et abondante vie qui ne s'élève pas à plus de vingt centimètres du sol, cette vie active et brève et sans cesse renouvelée, cette vie de l'herbe et de la fleur multiples et de l'innombrable ciron, l'on est ébloui de l'infinie richesse de la nature.

Tandis que l'esprit vagabonde à travers des considérations où se confondent la physiologie et la philosophie, les yeux et le plus humble lobe du cerveau s'amusent à suivre l'ascension lente et opiniâtre d'une tige de folle avoine par une infinitésimale chenille d'un vert transparent.

Mon horizon est borné par un buisson de genêts où les fleurs jaunes, que le soleil baigne et qu'agite la brise, semblent des papillons d'or. En levant les yeux, je vois des coins de ciel bleu entre les feuillages du chêne. Un rossignol scande les secondes du temps qui passe. Il fait tiède. La terre et les plantes exhalent des parfums mélangés. Je sens mon corps étendu palpiter aux palpitations de la terre. Et tout cela est exquis...

Ma tête seule est à l'ombre, à l'ombre mince et froide d'un mur ; et tout mon corps s'allonge au soleil, sur l'herbe jaunie par deux semaines d'été. Il est un peu plus de midi, pas un nuage dans le ciel bleu ; l'air vibre de chaleur et de lumière ; dans les arbres qu'aucune brise n'agite, les cigales chantent ; et ce crissement continu, qui remplit la campagne, semble aussi, comme les vibrations de l'atmosphère, un produit de la lumière et de la chaleur.

Un ardent bien-être s'insinue en moi, et je sens dans tout mon corps la pénétration du soleil. Je resterai là, immobile, les yeux mi-clos vers l'azur profond du ciel, jusqu'à ce que, par la rotation de la terre, l'ombre du mur se soit allongée jusqu'à mes pieds. Mon esprit flotte en des rêves imprécis ; je souris à des réminiscences voluptueuses, et les désirs nouveaux qu'elles provoquent précipitent la course de mon sang dans mes veines et mes artères surchauffées.

Par une après-midi semblable, l'année dernière, je haletais sur une route poussiéreuse, les pieds meurtris, les épaules sciées par les courroies de mon sac. Je goûtais alors la rude volupté de la souffrance consentie, du sacrifice volontaire, de la mort acceptée. J'aurais pu mourir comme des milliers d'hommes, et autant qu'eux avec une joie violente et farouche...

Mais je vis !

Pour tous les hommes qui vivent dans l'ardente joie de sa lumière et de sa chaleur, cet été puisse-t-il être le dernier des étés où l'on tue !

Vosges et Provence, 1914-1918.

TABLE DES MATIÈRES

4534-18. — Corbeil. Imprimerie Crété.